光文社文庫

長編時代小説

ひなげし雨竜剣

『薬師小路　別れの抜き胴』改題

坂岡　真

光　文　社

目次

ひなげし雨竜剣

虻(あぶ)の目刺し

一

天保(てんぽう)九年、立夏。

おちよは渋谷(しぶや)川の片隅に朽ちかけた小舟を浮かべ、頭からすっぽり筵(むしろ)にくるまったまま、暗くなるのをじっと待ちつづけた。

私娼同士の些細な諍(いさか)いで京橋(きょうばし)川の稼ぎ場を逐(お)われて丸五日、江戸勤番の田舎侍を狙って大名屋敷の集まる渋谷川辺に移ってはみたものの、不慣れな土地のせいか、客はとんとつかない。しとしと雨の降る夜などは、潰(つぶ)された足の古傷が疼(うず)いて仕方なかった。

「こんちくしょう。あんな男に惚れなきゃよかった」

五年前のはなしだ。これでも、かつては吉原の五丁町に名を馳せた大籬の人気花魁だった。ところが、見栄えのよい商家の若旦那に情を移し、そいつが勘当されたことも知らずに遊び代を立てかえつづけ、二進も三進もいかなくなって廓抜けをはかった。

もちろん、逃げられようはずもなく、四郎兵衛会所の強面連中に捕まり、二度と厄介事を起こさぬようにと、鉄棒で右足の甲を潰された。それから、しばらくは羅生門河岸の吹きだまりに身を寄せていたが、胸を病んで稼ぎもなくなり、下肥も同然に大門から叩きだされ、根津や深川の岡場所を転々としたあげく、百文で男をくわえこむ舟饅頭に堕ちた。

生きていたところで、よいことなどひとつもない。

不運を嘆き、世間を恨み、何度も死のうとおもったが、今日まで死にきれなかった。なぜかといえば、餓えた身に施米を分けてくれた虚無僧のことばが、片時も耳から離れなかったからだ。

「雨上がりの杣道や日だまりに咲く蓮華草、そよ風に靡く青田や海原に夕陽の転びおちるさま、わしには好きな風景がある。湯治場で熱い湯に浸かりながら月を愛で、夜桜を闇に映す花篝のしたで安酒に酔いしれる。霞に烟る山寺の山門にて頭を垂れ、鳥追の奏でる三味線の音色に涙する。日がな一日流れる雲を眺めていても、いっこうに飽きることはない。花木や風、肌で感じる季節の移りかわり、そうしたものはけっして人を裏切らぬ。生きてさえいれば、よいことはいくらでもある。人は生まれいずるときも死ぬときもひとり、所詮は孤独な生き物にすぎぬ。淋しさに耐えかね、みずからの命を絶とうなどと、愚にもつかぬことを考えてはならぬ。どのような困難があろうとも、生きて生きて生きぬくのだ。辛くなったときは、御仏に縋ればよい。御仏はな、おぬしのそばにいつも寄りそうておられる」

ありがたいことばに涙した。

おかげで、今もこの世に踏みとどまっている。

おちよは虚無僧から貰った鈴を取りだし、ちりんと鳴らしてみせた。

鈴の音に誘われたかのように、人影がひとつ二ノ橋に近づいてくる。

「あ」

橋につづく日向坂の坂上だ。

千鳥足で降りてくるのは、若い折助にちがいない。

酔った勢いで粗暴になられると厄介だが、この際、背に腹はかえられぬ。

なにしろ、この三日というもの、一片の食べ物も口に入れておらず、今宵も客を逃したら飢え死にを覚悟しなければならぬ瀬戸際まできていた。

おちよは汀に降りたち、右足を引きずりながら土手をのぼった。

欄干下の暗がりで待ちかまえ、絶妙の間合いをとらえて声を掛ける。

「ちょいとお兄さん。わたしと遊ばない」

掠れた声で歌うように囀ると、折助はだらしのない顔を近づけてきた。

おちよはすかさず小田原提灯に火を点け、自分の顔を照らしてみせる。

「ほうら、色白だろう。お安くしとくよ」

「何でえ、夜鷹か。幽霊かとおもったぜ」

「足はちゃんとござんすよ。それにね、あたしゃ夜鷹じゃない。ほら、土手下に小舟が繋いでありましょう」

「けっ、舟饅頭か。どうせ、瘡持ちだろうが。おれはまだ鼻を無くしたかねえ」

「おあいにくさま」

「ほう、ちがうってなら証拠をみせてみな」

「ようござんすよ」

おちよは裾をたくしあげ、開いた股ぐらを提灯で照らす。

「みるのはただだから、ようくご覧よ。痼りひとつありゃしない、つやつやした肌だろう」

「ふふ、ちげえねえ」

「あたしゃね、これでも北国で婀娜を競う花魁だった女さ。そいつがひときり百文で抱けるんだよ。安いもんだろう」

「薹の立った花魁か。よし、五十文なら買ってやる」

おちよは眉を顰めながらも、こっくり頷いた。

口惜しいけれども、生きていくためなら仕方ない。

「あんた、小舟まで負ぶってくれるかい」

「お安い御用さ」

折助はおちよを背負い、危なっかしい足取りで土手を降りはじめる。

一歩踏みだすたびに、紅色の腰帯にぶらさげた鈴がちりんと鳴った。

だが、おちよの耳はさきほどから、鈴とは別の音を聞きわけている。

「あんた、聞こえるかい」

「ん、何が」

「妙な音だよ。じゃり、じゃりっていう」

「おれにゃ鈴の音しか聞こえねえな」

幻聴であろうか。

いいや、そうではない。

鉄下駄で玉砂利を踏みつけるような音が、日向坂とは反対の仙台坂（せんだいざか）のほうから近づいてくる。

「さあ、着いたぜ」

おちよは、地べたにおろされた。

「お月さんでも眺めながら、しっぽり濡れようじゃねえか」

裂けた口のような月が、昏（くら）い川面（かわも）に泳いでいる。

ふたりで小舟に乗ると、舷（ふなばた）が軋（きし）みながら傾いた。

「うおっと、危ねえ。艫（とも）は繋（つな）いだままか」

「あたりまえだろう。気づかぬ間に海へ出たら、鯔（ぼら）の餌になっちまうよ」

「ふっ、そりゃそうだ」

じゃり、じゃりと、また妙な音がした。

折助も気づき、周囲の闇に目を凝らす。

「くそっ、藪陰（やぶかげ）に誰かいやがる」

「あんた、気味が悪いよ」

縋りつくおちよの手を振りほどき、折助は棒杙に絡みつく纜を解きはじめた。

「陸を離れちまえば、こっちのもんだ」

ところが、酔っているせいで手が震え、纜は容易に解けない。

おちよは腐りかけた竹の棹を拾い、先端を川底に突きたてた。

「あんた、急いで」

「わかってらあ」

ようやく、纜が解けた。

「よし、棹をさせ」

力任せに押した途端、ばきっと棹がふたつに折れた。

と同時に、大きな黒い影が地を這うように迫ってきた。

「ひぇっ」

折助は腰を抜かし、舷から川に落ちる。

水飛沫が黒髪を濡らしても、おちよのからだは棒のように固まったままだ。

じゃり、じゃりと、草摺の音が近づいてくる。

おちよの鼻先には、深紅の面頬を付けた甲冑武者が仁王立ちしていた。

赤い双眸を炯々とさせ、面頬の隙間から不気味な息を吐きだしている。

きっと、落ち武者の亡霊にちがいない。

おちよは咄嗟に、そうおもった。

落人の亡霊は腰反りの強い剛刀を抜き、鋭利な切っ先を立てていく。

そして、具足の大袖が八の字に跳ねあがるほど両肘を張り、八相よりやや高い位置で白刃を静止させた。

鉄錆びた胴丸には、日光を象った日足紋が描いてある。

おちよにはそれが、雲海を朱に染める御来光にみえた。

面頬を付けた顔は、髑髏のようだ。

黄泉路からの使者であろうか。

そうだ。きっと、そうにちがいない。

お迎えがきたのだと納得できれば、腹も据わる。

「ふん、斬るがいいさ」

気丈な台詞が、おちよの口を衝いて出た。

刹那、髑髏顔が笑ったように感じられた。

なぜ、笑うのだろう。

——ちりん。

虚無僧に貰った鈴の音が鳴った。

髑髏の武者は、不思議そうに首を傾げてみせる。

つぎの瞬間、ひんやりとした刃風が首筋を通りぬけても、おちよは自分が死なねばならない理由を考えあぐねていた。

二

桜の花びらが雪と舞い散る時季も過ぎ、新緑に彩られた寺の境内では不如帰の初音が聴かれるようになった。近在の農家では種蒔きや畑打ちも終わり、町家では衣替えも済んだが、あいかわらず、世相は暗い。五年つづきの不作で、日本全土は未曽有の飢饉に呑みこまれていた。

それでも、江戸に出てくれば何とかなる。と、微かな希望を胸に抱きながら流れてきた者たちは、まともな働き口ひとつ無いことをおもいしらされ、飢え死にしたくなければ夜盗に堕ちるしかないという現実に出くわす。とりあえずは、茶碗河岸の河原で拾った欠け茶碗を握りしめ、施米を求める長蛇の列に並ぶしかなかった。

朝比奈結之助も今戸焼の欠け茶碗を握り、両国広小路までやってきた。

月代の伸びきった頭に痩けた頰、六尺余りの厳ついからだに垢じみた焦げ茶の着流しを纏い、腰帯には二尺ほどの短い刀を一本だけ落とし差しにしている。うらぶれた浪人風体の男だが、どことなく常人とおもむきがちがう。

侍ならば誰でも、一見して気づくにちがいない。

刀を左腰ではなく、右腰に差していた。

百人にひとりといない妻手差、男の利き手は左手なのだ。

右手はとみれば、肘のあたりを柄頭にちょんと載せ、蠟燭なみに蒼白い肘からさきは懐中に隠している。八つ手のような左手が器用に動く様子は、右利きに慣れた者の目からすると奇異に映った。

だが、欠け茶碗を握った貧乏浪人に注目する者などいない。

誰も彼もが、おのれの腹を満たすことに必死だった。

江戸屈指の殷賑を誇る両国広小路にも、数年前からお救い小屋が常設されている。

一杯の粥を求めて並ぶ長蛇の列の隣では、威勢の良い香具師の売り声が響いていた。

「何でもかんでも十六文、十六といやあ十六夜だ。迷ってねえでお決めなせえ。十七夜の立待月と同様に、迷えばたちまち運も逃げちまう。さあ、買った買った。何でもかんでも十六文だよ」

古着から縁起物まで種々雑多な品物が売りに掛けられ、足を止める見物客も少なくない。

隣に目をやれば、南蛮渡来のいかがわしい珍獣だの、毛むくじゃらのろくろ首だの、全身に鱗の生えた蛇女だのといった見世物小屋が所狭しと並び、そうかとおもえば、人気役者の声をまねる豆蔵や、驕れる平家の末路を唸る講釈師が客を集め、立鼓を器用に操る唐人や火吹き男や剣呑み男などがいたりする。

目鼻のさきにお救い小屋が建っているというのに、田楽や汁粉などの食べ物売りが美味そうな匂いを撒きちらしながら平然と屋台を流していた。

「おもしろいな」

腹を空かした連中のすぐわきで、陽気に芸を披露する者たちがおり、それを囃したてる見物人が人垣をつくっている。

やはり、江戸はおもしろい。そのうえ、逞しいと、結之助はおもう。

大袈裟なはなしではなく、この広小路に立っているだけで、生きていることの喜びさえ実感できるのだ。

やがて、お救い小屋の最前列から、鍋釜を叩く音が響いてきた。

「さあ、もうすぐ仕舞いだ。今朝のぶんは仕舞いになるぞ」

差配役の怒声が聞こえるや、餓鬼どもが一斉に騒ぎだす。

「汚ねえぞ。もっと寄こせ」

「後生だから、行かないでくれ」

餓えた連中が目の色を変え、われもわれもと群がっていく。

見慣れた光景とはいえ、地獄絵でも眺めているようだった。

「静かにしねえか。さあ、空っぽのすっからかんになったぞ。嘘だとおもうなら、こいつをみな」

差配役は地廻りの手下どもだ。強面の若い衆が大鍋を傾け、空になった底をみせている。

騒ぐ気力も失せた連中からは、落胆の溜息が漏れた。

結之助も欠け茶碗を袖に入れ、肩を落として歩きだす。

こうなれば、古木の洞に生えた苔でも食うしかあるまい。

ときとして、空腹は理性を奪いとる。辻強盗でもやれば当座の空腹をしのぐことはできようが、畜生道に堕ちることだけは避けねばならなかった。

禄を捨て、地位を捨て、親類縁者や友からも見放され、双親を亡くし、故郷を捨て、何もかも失ったあとに、武士の矜持だけが残った。それすらも無くしてしまったら、もはや、生きている意味もなくなる。

五年前、妻の死をきっかけに、捨て扶持を貰っていた下総のとある小藩に見切りをつけた。

しばらくは江戸に居を求めたのち、虚無僧寺として知られる青梅の鈴法寺を訪ね、寺で貰った鉢ひとつ携えて関八州を経巡った。間引きした子を食う親もいれば、疫病で死に絶えた村もあった。飢饉の惨状を目に焼きつけ、生死の狭間でもがく人間の業におもいを馳せた。さらには、米を売り惜しんで暴利を貪る悪徳商人や、悪徳商人と結託して百姓を虐げる為政者のあることを知った。

名状しがたい憤りを腹に溜めこみ、津軽半島の突端から薩摩半島の南端まで諸国流浪の旅を経て、何年ぶりかで江戸に舞いもどってきたのだ。

糊口をしのぐ術は、あるにはあった。

高下駄を履き、徳利と豆を頭上に抛り、宙に放った鎌の刃で豆をふたつに切ってみせる。浅草の奥山では曲独楽についで人気のある芥子之助、大道芸の妙技を目にした途端に「これだ」とおもい、一念発起して修練を重ね、空中豆切りの技を会得した。

旅先では「芥子之助」と呼ばれることのほうが多かった。

朝比奈芥子之助、略して「ひなげし」などと綽名された。

駄洒落にしては、気の利いた綽名だとおもった。

――ひなげし。

初夏の日射しを受け、人知れず路傍に咲く薄紅色の可憐な花。

かぼそい茎が風に揺れる様子は、儚げで頼りない。

奥ゆかしいたたずまいが愛しい女を連想させ、手折ることすらできずにいたが、誰かに花の名で呼ばれるたびに、甘酸っぱい思い出に浸ることができた。

――わたしのぶんも生きてください。

妻の遺したことばと、決別できない。

ゆえに、こうして生きながらえている。

われながら、未練がましい男だとおもう。

しかし、逝った妻への未練が、自分をこの世に辛うじて繋ぎとめている。そんな気がしてならなかった。

三

結之助は重い足を引きずり、日本橋をめざしていた。

魚河岸に近い杉ノ森稲荷にもお救い小屋があると聞き、そちらに足を向けてみようとおもったのだ。

ところが、浜町河岸を渡ったところで道に迷い、たどりついたところは淫靡な空気の漂う芳町の一隅だった。

元吉原とも称される界隈には、男色をなりわいとする野郎蔭間を置く茶屋が軒を並べている。

衆道の客は二本差しと坊主が大半で、他人の目を忍んで通ってきた。

日中は閑散としたものだが、ちらほらと客らしき人影はある。

杉ノ森稲荷は、芳町から五丁ほど北へ向かったあたりだ。

結之助は見当をつけ、ひょいと辻を曲がった。

そこへ。

白塗りの蔭間らしき男が、息を切らしながら駆けてきた。

「待て、こら、待たぬか」

眉間に青筋をたてた月代侍が、後ろから追いかけてくる。

蔭間が客の怒りを買い、追いかけられているのだ。

「お侍さま、お助けを」

縋ってきたのは骨太の不細工な蔭間だが、仕方ないので背中に匿ってやった。

月代侍もすぐに追いつき、足を止めるや、三白眼で嘗めるように睨めつける。

煌びやかな衣装の裾には赤襦袢が覗き、腰帯には弓なりに反った長尺の太刀を佩いていた。

傾奇者め。

いつの世にも、こうした困った手合いはいる。

おそらくは旗本の穀潰し、役無しの次男坊か三男坊であろう。

太い両鬢を反りかえらせ、血走ったぎょろ目を剝いてみせる。

若輩者のくせに、顔つきは畜生道に迷いこんだ悪党の人相だ。

「何じゃ、おぬしゃ。邪魔だてすると承知せぬぞ」

脅されても動じず、結之助は泰然と身構えた。

「背中に匿った釜を寄こせ。おぬし、耳が無いのか」

それでも黙っていると、畜生侍はずらりと白刃を抜いた。

「ひぇっ」

後ろの蔭間が悲鳴をあげる。

畜生侍は両肘を張り、剛刀を八相に掲げた。

甲冑を纏(まと)った武者のごとく、足は大きく八の字に開いている。

「ほほう」

独特の構えだ。

「鹿島新當(かしましんとう)流、引(いん)の構えか」

結之助が低くつぶやくと、畜生侍は薄い唇の端を吊りあげた。

「ようわかったな。どうやら、少しは遣うらしい」

こちらの腰元を眺め、眉を顰(ひそ)めてみせる。

「ん、妻手差(えびらざし)か。利き腕は左とみせかけ、右の逆手で抜きはなつ手もあるな」

「どうとでも勘ぐるがよい」

「何を。この猪俣杏三郎(いのまたきょうざぶろう)に、虚仮威(こけおど)しは通用せぬぞ」

「おぬしが誰であろうと、わしには関わりのないことだ」

「よおく聞け。麻布の実家はな、家禄五千石の大身ぞ」

「だから、どうした」

「五千石と蔭間一匹を天秤に掛ければ、おのずとわかろうが」

「わからぬな」

「おい、ふざけるなよ。なぜ、さような屑を庇おうとする」

「誰であろうと、助けを請われた以上は捨ておけぬ」

「ぬへへ、笑止な。武士の矜持というやつか。邪魔だていたすな。その蔭間は、薹の立った大釜のくせして、わしに無礼をはたらいたのだ。縄で縛ろうとしたらば、指に嚙みついたのよ。客の意に沿わぬ釜野郎なんぞに用はない。成敗されても文句は言えまいが。の、そうであろう」

結之助は応えるかわりに、横を向いて唾を吐いた。

「およ、何じゃ、その態度は。五千石を愚弄する気か」

弱い犬はよく吠える。

猪俣なる畜生侍が間合いを詰めても、結之助は刀の柄に触れようともしない。

「おぬし、抜かぬ気か」

「抜くまでもないということさ」

「何だと。ぬりゃお」

猪俣は気合いもろとも、袈裟懸けに斬りこんでくる。

結之助はゆらりと躱し、風のように小脇を擦り抜けた。

「のわっ」

猪俣は蹌踉めき、地べたに片膝をついた。

痛みに耐えかね、目に涙を浮かべてみせる。

しかし、からだの一部を斬られたわけではない。

何しろ、結之助は刀を抜いていなかった。

「あ」

蔭間が驚いた声をあげた。

「び、鬢が」

畜生侍の片鬢がない。

海苔でも剥がしたように、きれいに毟りとられている。

結之助は指に摘んだ鬢の毛を、ふっと吹きとばしてみせた。

「反対側の毛も毟ってやろうか」

「ひぇっ、ひぇえええ」

猪俣杏三郎は絞められた鶏のように叫び、尻尾（しっぽ）を丸めて逃げだす。

結之助はその様子を目で追い、何事もなかったように歩きだした。

「お待ちを。ねえ旦那、このまま行っちまう手はないでしょう」

左袖をつかまれ、振りかえってみれば、不細工な蔭間がいじけたように口を尖らせている。ずいぶん、鰓（えら）の張った顔だ。なるほど、猪俣も言ったとおり、蔭間というには薹の立ちすぎた印象だが、歳は判然としない。聞いてもはじまらぬ。

「あたいは京次（きょうじ）。もう、どうとでもしてくださいな」

潤んだ目でみつめられ、結之助は吐き気をおぼえた。

「すまぬが、わしは衆道（しゅどう）ではない」

「おや、のっけから振られちまった。でもね、あたいは旦那の男振りにぞっこんさあ。乙女心に火が点いちまったら、どうしようもないだろう。とことん尽くすのが蔭間の道ってもんさ。だいいち、おもいの通じぬ色恋のほうが楽しいじゃないか」

迷惑千万なはなしだ。

無理して歩きかけると、けっこうな膂力（りょりょく）で引きもどされた。

「骨太の大釜が好きだって和尚もいるんだよ。もっとも、あたいは後家さんも相手にいたしやすがね。川柳にもありましょう。芳町は和尚も負ぶい後家も抱きってね。そいつがあたいさ。でも、一度でいいから、真実の恋ってやつをしてみたいんだよう。ねえ、旦那はおいくつ」

「三十三だ」

「いろいろ、ご経験しなすったんでしょうね。そうでなきゃ、礼儀知らずの旗本奴をああまで虚仮にゃできませんよ。猪俣杏三郎ってのは札付きの乱暴者でね、穀潰し仲間と徒党を組み、むかし流行った無法者気取りで悪さばかりはたらいているんですよ。根城は麻布の近辺らしいけど、芳町の界隈でも知らぬ者がいないほどでね、杏の字を狂に換えて狂三郎って呼ばれているんですよう」

今日は頭巾で顔を隠し、京次が身を置く蔭間茶屋にあがってきた。相手の正体に気づいたときは後の祭り、縄目にされて笞で打たれるところを、どうにか、逃げだしてきたのだという。

「旦那は命の恩人さ。それに、あいつの鬢まで毟りとってくれた。ふん、ざまあみろってんだ。久しぶりに、胸がすっとした。ねえ、旦那、一杯奢らせてくださいな」

「いいや、けっこうだ」

「どうして。あたいが蔭間だから」

「そうではない。他人に奢られたくない性分でな」

誘いを断って背を向けた途端、腹の虫がぐうっと鳴った。

尋常な音ではない。笑われたら無視して振りきるところだが、京次は真顔で心配してくれた。

「おやまあ、何日もまともに食べていなさらないんでしょう。旦那じゃなくても放っちゃおけませんよ。後生だから、あたいに従いてきてくださいな」

従いてさえいけば、美味い飯と働き口にありつけるという。

美味い飯と働き口、これに心を動かされぬ者はいない。

結之助は溜息を吐き、京次の背中にしたがった。

四

連れていかれたさきは、道ひとつ隔てた袋小路の奥にある黒板塀の家だった。

店構えは質屋か置屋のようだが、京次によれば口入屋だという。

「へへ、女と蔭間専門の桂庵だよ」

号は『ひなた屋』と称した。

「日陰にあっても、ひなた屋。日陰者が集うところだけど、ひなた屋。うふふ、号だけでも暖かいのにしたくってねえ」

科をつくって笑うのは、おふくという女将である。

ふっくらした色白の三十路年増で、笑うと両頬にえくぼができた。

「なあご」

丸々と太った三毛猫を抱いている。

旦那はおらず、細腕一本で口入屋を切り盛りしているらしい。

見世は鰻の寝床のように奥行きが深く、行き場のない娘たちに寝食も提供している。

身を寄せる者のなかには所帯を持ったことのある女もおり、亭主や情夫の暴力に耐えきれず、着の身着のままで逃げてきた女たちにとって、ひなた屋は縁切寺のようなところだった。

女将のおふくは拠所ない事情を抱えた娘たちの姉であり、母親なのだ。

「わたしゃ、愛嬌と度胸だけが取り柄でね」

おふくが胸を叩いてみせると、かたわらの空樽に座る京次が頷いた。

玄関から繋がる八畳間の奥には、猫板と抽出の付いた長火鉢が置かれている。真夏以外は、一年中置いてある。

おふくはそれが癖なのか、鉄火箸で灰を突っつきながら喋った。

結之助はとみれば、はなしもろくに聞かず、床几に丼を置いたまま、一心不乱に飯をかっこんでいる。

おふくは呆れかえった。

「京次、ご覧よ、あの食いっぷり。まるで、相撲取りじゃないか」

「相撲取りっていうより、飢餓地獄の亡者だね」

「おまえ、わたしが顔相をやるのは知ってんだろう」

「え、そうでしたっけ」

「そこいらの辻占より当たるって評判だよ。こちらの旦那はね、悪い人間じゃない。ただ、少しばかり運に見放されているね」

「わかんのかい、そんなことが」

京次はここぞとばかりに、結之助の顔を覗きこんできた。

おふくは真顔になり、小首を傾げてみせる。

「それにしても、どうして右手を使わないんだろうね。お侍なら、年端もいかぬころから、右手でお箸を持つようにって教わっただろうに」

結之助はふいに食べるのを止め、丼のうえに箸を置いた。

おふくに涼しげな眼差しを向け、ぺこりと頭をさげる。

「すまぬ。礼を欠いておった。右手を使わぬ理由を教えよう」

「そんな、あらたまって仰るこ(おっしゃ)とでもないのに」

「いいや。お受けした恩義には、礼をもって報いねばならぬ」

結之助は発したそばから、左手を右袖の奥に突っこんだ。

何をするのかとおもえば、ぎりっと力任せに右肘を捻(ひね)る。

刹那(せつな)、右腕の肘からしたが、ぼそっと床几に落ちてきた。

「うひゃっ」

仰天した京次が空樽から転げおちた。

おふくは動じない。というより、固まったまま、ことばを失っている。

「なあご」

三毛猫がまた、眠そうに鳴いた。

ほっと溜息を吐き、結之助は微笑む。

「驚かしてすまぬ。これはよくできた義手でな、糝粉(しんこ)細工の名人に頼んでこさえてもらったものだ。このとおりのからだゆえ、どこへ行ってもじろじろ見られ、相手にしてもらえぬ。働きたくとも、口にありつけぬのだ。女将さんも、出ていってほしければ正直に言ってほしい。気遣いは無用だ」

「ふん、出ていけなんて言うもんか」

おふくは涙目になり、怒ったように口を尖らせた。

「誰だって欠けたところはある。わたしには、おせんっていう一人娘がいてね。十三だけど、四つか五つの子と同じくらいの智恵しかない。でも、心は山の湧き水みたいにきれいでね。わたしゃ、おせんが可愛くて仕方ない。嫌なことがあったり、心にぽっかり穴があいたとき、おせんはわたしを癒してくれる。わたしだけじゃない。ここにやってくる事情持ちの娘たちの心を、ぱっと明るくしてくれる。弱音を吐いたらだめだって、身をもって教えてくれるんだ。おせんのそばにいれば、日だまりにいるみたいに暖かいってね。みんな、そう言ってくれるんだ。この京次だってそうさ。淋しくなれば、おせんの顔をみにやってくる。わたしなんかより、おせんのほうがずっと偉いのさ」

神妙に聞いていた京次が、ぐすっと洟(はな)を啜(すす)りあげた。

おふくはつづける。

「おせんがそばに居てくれるから、わたしには少しだけひとの痛みがわかる。旦那さえよけりゃ、好きなだけここに居ておくれ。無理して働かなくたっていい。三度の飯くらい、どうにでもなるんだから」

侠気のある口入屋の女将を、結之助は眩しい目でみつめた。

「かたじけない。されど、ただで置いてもらうわけにはいかぬ。薪割りでも何でも申しつけてくれぬか」

「承知したよ。やりたいようにすればいいさ」

「ありがたい」

結之助は皓い歯をみせ、愛くるしい顔で笑う。

「あんた、信州犬に似ているね」

おふくはそう言い、こちらも皓い歯をみせて笑った。

五

霜枯れの紋蔵という初老の岡っ引きが訪ねてきたのは、それからしばらく経ってからのことだった。

「あら、親分さん。また厄介事ですか」

親しげにはなしかけるおふくとは、どうやら昵懇の仲らしい。

紋蔵は霜の混じった鬢を掻きながら、上がり框に腰を掛けた。

部屋の隅に座る結之助を目敏くみつけ、ふふんと鼻を鳴らす。

「おふく、用心棒でも雇ったのか」

嗄れた声には、あきらかに敵意が込められている。

おふくは、はぐらかすように笑った。

「なにせ、物騒な世の中ですからね。帳場のそばに二本差しを置いとくだけでも、少しはちがいましょうよ」

「みたところ、一本差しのようだがな。強えのか」

「さあて。京次のはなしじゃ、旗本奴の鬢を毟ってやったそうですよ」

「ほう、鬢をなあ」

おふくが蔭間横町での経緯をはなすと、紋蔵はつまらなそうに相槌を打った。

「猪俣杏三郎は根っからの悪党だ。やつは桐谷数馬という旗本奴の手下でな、つい先だっても仲間四、五人で増上寺の末寺に忍びこみ、遊び半分に御本尊を盗んだあげく、参拝に訪れていた商家の娘をさらい、裏山で手込めにしやがった」

「まあ」

娘に付きそった手代は、桐谷数馬や猪俣杏三郎の顔をちゃんとみていたという。

「ところがどっこい、連中をお縄にゃできねえ。どうしてだかわかるか。桐谷の父親ってのが、泣く子も黙る御目付(おめつけ)だからよ」

麻布永坂町(ながさかちょう)に居を構える幕府筆頭目付、桐谷帯刀(たてわき)のことだという。

「数馬は桐谷家の次男坊でな、親が甘やかして育てたんだろうよ。成長して、とんでもねえ化け物になりやがった」

「ふん、筆頭目付が何だってんだ。お偉いさんの子だろうと何だろうと、悪さをやったら懲らしめてやるのが筋ってもんだろう」

「証拠(あかし)をあげても、どうせ潰される。下手に首を突っこめば、自分の首が飛ばされかねねえ。だから、町奉行所の旦那方も重い腰をあげようとしねえのさ」

「手込めにされた娘は、泣き寝入りするしかないってことかい」

「ああ、そうだ」

「腰抜けの同心どもめ。朱房の十手持ちが聞いてあきれらあ。下々にゃ威張りくさっているくせに、上にゃへえこらしやがって」

「おふくよ、それが身過ぎ世過ぎってもんだろう。おめえひとりが熱くなったところでよ、世の中は何ひとつ変わりゃしねえ」

老練な岡っ引きは、みずからをも諭すように頷いた。

あまりに多くの惨状を目にしてきたがゆえに、怒りを抑えこむ術を会得してしまったらしい。

なるほど、この世は理不尽なことだらけだ。いちいち気にしていたら生きづらいのもわかる。ただし、人にはここ一番、腹を決めねばならぬときもあると、結之助は思った。

たとい、右腕一本失うことになっても、やらねばならぬときがある。

紋蔵と目が合った。

「おめえさん、気をつけたがいいぜ。やつらのことだ。虚仮にされたら黙っちゃおるめえ。ことにな、桐谷数馬は鹿島何たら流の免状持ちらしいぜ。嘗めてかからねえほうがいい」

結之助は応じる素振りもみせず、すっと目を背ける。

紋蔵はおふくの淹れた番茶を啜り、おもむろに用件を切りだした。

「なあ、おふく、おちよって女を知ってんだろう。三年前、おめえが面倒をみてやった足の不自由な女だ」

「廓抜けしたおちよのことかい」

「ああ。そのおちよだ。おめえはあんとき、えらく同情していたじゃねえか」

「親分もご存じのとおり、わたしも廓の女でしたからね。見世の格でいえば、おちよのほうが遥かに上等だった。あの娘は運がなかったのさ。ちんけな野郎に引っかかり、さんざ貢がされたあげく、廓抜けまでやらかしちまったんだからね」

「おめえだって、情夫に騙されたんだろう」

「ええ。子まで孕まされましたよ。いっときは、仲間内から白い目でみられてねえ。でも、甲斐性無しの情夫に捨てられたおかげで助かった。なにせ、廓内で娘のおせんを育てながら、年季明けまでつとめることができたんだもの。無垢なおせんは、みんなに可愛がられた。わたしの今があるのも、あの娘のおかげなんですよ。ええ、しかも、置屋からご祝儀までいただいてね、こうして小さな見世を持つこともできました。わたしだって一歩まちがえりゃ、おちよと同じ道をたどっていたにちがいない。だから、あの娘を放ってはおけなかったんですよ」

「おめえはおちよに、下女の口を探してやった。ところが、三月もしねえうちに逃げだしたんだろう」

「あの娘、強情なところがあったから、他人の情けに縋るのが窮屈だったのかもしれないねえ。風の噂じゃ、岡場所を転々としながら食いつないでいるって聞きましたけど、どうなっちまったことやら」

「ほとけになったぜ」

「え」

おふくは、眸子を飛びださんばかりに瞠った。

「ど、どうして」

「辻斬りだよ。一昨日の夜更け、渋谷川に架かる二ノ橋のそばで、首のねえ舟饅頭の屍骸がみつかった。みつけたな、おれっちのご同業よ。惨劇に出くわした折助が、濡れ鼠の恰好で番屋に飛びこんできたのさ。ご同業が押っ取り刀で駆けつけてみると、小舟のうえに首無し胴が寝ていやがった」

肝心の首もみつかった。

「どこにあったとおもう。小舟の纜に括られてな、二ノ橋の欄干からぶらさがっていたんだと。殺った野郎が、これみよがしに吊るしやがったのさ」

紋蔵は同業の岡っ引きから助っ人を請われ、殺された舟饅頭の素姓をあらっていた。

おふくは恐怖の余り、顎をがくがく震わせている。

「で、でも、親分……ど、どうしてわかったんです。それがおちよだって」

「おれは、おちよの顔を見知っている。どれだけむかしのはなしだろうと、いちど目にした顔は忘れねえ。そいつが特技でな。生首を検分したとき、ぴんときたのさ。ひでえありさまになっちゃいたが、おちよの面影はあったぜ。それに、難を逃れた折助から、舟饅頭が鈴を携えていたってはなしを聞いたのよ」

「鈴を」

「ああ。おめえに聞いた逸話をおもいだしたのさ」

おちよは下肥も同然に吉原の大門から吐きだされたあと、生まれ故郷に近い板橋宿へ向かった。ところが、ついに行き着くことができず、路傍で飢え死にしかけていたところを救われた。救ったのは青梅にある鈴法寺の虚無僧で、おちよは虚無僧から施米といっしょに鈴を貰った。

「鈴法寺の御利益がある鈴のおかげで、どうにかこうにか生きのびることができたと、おちよはおめえに告げたんだろう。そのはなしが、耳に残っていた。折助から鈴のくだりを聞いたとき、ああ、やっぱりこの屍骸はおちよだなと、おれは確信したのさ」

「ああ、そうだ。ひとりで抱えるにゃ、ちと荷が重すぎる。関わりのあるおめえにも知っといてほしかったのよ。聞かねえほうがよかったか」

「い、いいえ」

「おちよはたぶん、無縁仏として葬られる。墓は仙台坂の善福寺だ。花でも手向けてやってくれ」

紋蔵は「よっこらしょ」と腰をあげ、ついでのようにこぼす。

「下手人は甲冑武者だとよ。折助はそう言ったが、眉唾なはなしさ。野郎は混乱していやがる。悪夢をみてんのかもしれねえ。ふん、嫌なご時世だぜ。おふく、おめえもせいぜい気いつけな」

背中で大きく溜息を吐き、紋蔵はそそくさと去った。

結之助はさきほどから、異様な胸苦しさを感じている。

五年前、路傍で死にかけた女を助けたことがあった。そのとき、女に「蛇の目のような男」だと言われた。見掛けは無骨で荒削りの番傘だが、繊細な心根は柄の細い蛇の目のようだという意味だ。助けたところは音無川のそばで、土手の斜面には薄紅色のひなげしが咲いていた。

お礼にと、ひなげしの花を摘みとってくれた女の顔は、今でもしっかり目に焼きついている。

名も知らぬ女であった。鉢貫いの行脚(あんぎゃ)の途上、袖振りあっただけの関わりだが、めげずに生きぬこうと決意した女に感謝され、みずからも救われたような気がした。

鈴法寺ゆかりの鈴を授けたのは、心の底から女に生きぬいてほしいと願ったからだ。

岡っ引きの語った生首の女が、あのとき助けた女だとすれば、文字どおり、悪夢のような出来事と言うよりほかにない。それに、女の無念が自分をひなた屋へ導いたとしかおもえなかった。

「鈴の御利益はいったい、どうしちまったんだろうね」

おふくの漏らす独り言が、結之助の胸を締めつけた。

六

ひなた屋の裏庭では、季節の花々を楽しむことができる。

「赤は躑躅、紫は藤、黄色は山吹、白は小手鞠に雪柳……」

歌うように語る娘の横顔は楽しげで、眺めているこちらのほうが微笑んでしまう。

おせんは、みんなを幸福にするんだよ。

なるほど、女将の言ったとおりだなと、結之助はおもった。

「……ねえ、赤い花は何だとおもう」

「ん、躑躅かな」

「木瓜だよ」

十三といえば外見は育ち盛りの娘といっしょだが、おせんには大人になりかけた娘にありがちな恥じらいや戸惑いはない。花木や虫、雲や雨、ありとあらゆるものに興味をしめし、小さなことでもすぐに笑いころげる。

黒目がちの大きな眸子が濡れるのは、自分の面前から母親が消えてなくなるという恐怖を感じたときだけだ。透けるように白い肌は儚げで、無垢な心に似つかわしく、穢れのない美しさは、みる者の心を癒してくれた。

結之助はおせんとふたりで濡れ縁に座り、ひなたぼっこをしている。

「おっかさんは、ご用事で日本橋に行ったのよ。でも、すぐに帰ってくるわ。

だって、そう言ったんだもの」

おせんは悲しげな顔をつくり、口を尖らせてみせる。

「そのとおりだ。おっかさんは、もうすぐ帰ってくる。よい子で待っていような」

結之助はできるだけ優しい口調で言い、おせんの頭を撫でてやった。

その瞬間、鼻の奥がつんとし、喩えようのない悲しみが迫りあがってきた。

自分にも、雪音という六つの娘がある。生まれて数日後、妻の実家に引きとられた。

産後の肥立ちが悪かったせいで、妻の琴音が亡くなったからだ。妻の忘れ形見を自分の手で育てたいと強くおもった。が、所詮は無理な話だった。義母はしっかりした女性で、三人の子をいずれも立派に育て上げていた。乳飲み子の行く末をおもえば、手放す以外に方法はなかった。

義母の志乃も、そのことを望んでいた。望まれて貰われていくのであれば、娘もきっと幸福になることができる。そうやって自分を納得させ、娘を手放した。

しんしんと雪の降る晩だった。せめて、名だけでも付けさせてほしいと、義母に頼んだ。深い静寂のなかで、降る雪の音を聞いたような気がしたのだ。ゆえに、雪音と名を付けた。

泣きながら紙に書いて手渡した「雪音」という名で、今も娘が呼ばれているかどうかはわからない。この世に生を受けたばかりの娘は、義母に貰われていった。からだの一部をもぎとられたような気分だった。事実、右腕を失ったときの痛み
よりも、数倍もきつい痛みであったようにおもう。

それでも、この手に抱いた乳飲み子の暖かい感触だけは、今でもしっかりと
残っていた。

「雪音」

おもわず漏らした口許を、おせんが不思議そうにみつめている。

垣根の簀戸が音もなく開き、五十前後の小柄な男がやってきた。

貧相な鼠顔に茶筅髷が似合っておらず、口髭も顎鬚もとってつけたようだ。

「ほほう、おぬしが隻腕の用心棒かい」

くはははと、疳高い声で嗤うのは、近所に住む桂甚斎という馬医者であった。

「気が向いたときは、人も看るのじゃぞ。どれ、右腕を出してみろ」

甚斎は図々しく身を寄せるや、結之助の右袖を捲った。

糝粉細工の義手は外してあるので、右肘の先端があらわになる。

「ふうむ、なるほど。これは刃物で断った傷じゃな。古傷のようじゃが、誰かに斬られたのか」

黙って応えずにいると、甚斎はすっと身を離した。

「喋りたくなければ、無理強いはせぬ。誰にでも喋りたくない過去はあろうからな。誤解するな。腕を無くした理由を聞いてくれと、女将に頼まれたわけではないぞ。わしの一存じゃ。ひなた屋は女所帯ゆえにな、怪しい素姓の浪人者に居座られたら厄介であろうが。ふっ、わしか。ご覧のとおり、女将の親類でも縁者でもない。ただの世話好きな隣人じゃがな、つきあいは古いぞ。おふくが大門の内においったころからの知りあいでな。ぬひょひょ、これでも若い時分は花魁どもに騒がれたものよ。馬並みのいちもつをひっさげて、いざ、いざ、いざ、となる。吉原砦をこれでもかと攻めたてたものじゃ。おや、笑わぬのか。どうやら、下ネタがお嫌いらしい。ま、ともあれ、近頃はめっきり弱ってしまいおった。萎れた茄子をぶらさげた痩せ馬なんぞ、誰も相手にしてくれぬ。のははは」

馬医者は明るく笑い、おせんに手土産の煎餅を差しだす。

「ありがとう、川獺先生」

「おいおい、川獺はねえだろうよ」

「だって、似てるんだもん」

「おっかさんが言ったのか」

「みんな言ってるよ」

「ふん、そいつはめえったな」

甚斎は鬢を掻きながら、ぬっと顔を近づけてくる。

わずかに、馬糞の臭いがした。

「おめえ、名は」

「朝比奈結之助」

「ぶっきらぼうな物言いじゃねえか。それで、剣術はできんのか」

「まあ、人並みには」

「ほう、できんのか。京次に聞いたぜ。おめえ、旗本奴の鬢を毟ったんだってな。武勇伝じゃねえか。なかなか、できることじゃねえ。おれも溜飲が下がった。でもよ、何で刀を使わなかった」

「使うまでもなかったからだ」

「なあるほど。相手の力量を見切ったわけか。ちなみに、流派とかはあんのかい。神道無念流とか鏡新明智流とかさ」

「無住心」

ぽつりと、結之助は漏らす。

「え、何だって」

「すでに、心は空なり」

「おいおい、禅問答か」

針ケ谷夕雲が興し、小田切一雲によって継がれた古今無双の剣理。出家した一雲の号をとって空鈍流とも称する無住心剣術こそが、結之助の修得した流派であるという。

「空鈍流か。それなら聞いたことがあるぞ。極意は」

「ただ、太刀を掲げて落とすのみ」

「ぬえ、それだけかい」

「ふむ」

のちの名だたる兵法者によって、必殺の一手は「嬰児の戯れにも似る」と評された。

「嬰児の戯れか。ふん、嘘臭いのう。ま、てえしたことはなさそうだが、用心棒に雇われたからにゃ、しっかりやってくれなきゃ困る。頼んだぜ。んじゃな」

好きなことだけ喋ると、馬医者は簀戸を抜けていった。

ひなた屋には、癖の強い連中ばかりがやってくる。

おふくの人徳が、呼びよせるのだろう。

「ねえ、おっちゃん、白い花はなあに」

おせんが、屈託のない笑顔を向けてきた。

「さあて、小手鞠かな。それとも、雪柳かな」

「ちがうよ。卯の花だよ」

言われてみれば、垣根のそばに白い花が咲きはじめている。

そこはかとなく漂う香りは、初夏の香りにほかならない。

「綿帽子をかぶったようだって、おっかさんが言ってたよ」

「ああ、そうだな」

巷間では、またもや、辻斬り騒動があった。

しかも、ひと晩で犠牲者はふたりにおよんだ。

ひとりは高利貸しの座頭、もうひとりは瘡で鼻を無くした浪人者である。いずれも、渋谷川のそばで一刀のもとに首を斬られていた。おちよと同じ遣り口だ。

斬られた三人に共通するのは、一見しただけで何かを失っている点をみつけられるところだった。舟饅頭は足、座頭は目、瘡持ちの浪人は鼻。右腕を失った結之助ゆえに気づいたことだ。

おふくが岡っ引きの紋蔵から聞いたはなしでは、夜更けの出来事なので惨劇に出くわした者はいなかったものの、土手道を流していた蕎麦屋台の親爺が、断末魔の悲鳴とともに、儚げな鈴の音を耳にしたのだという。

下手人は、おちよから鈴を奪ったにちがいない。

ひとを斬るたびに、鈴を誇らしげに鳴らすのだ。

戦利品のつもりだろうかと、結之助はおもった。

許せぬな。

抑えがたい憤りが、胸の裡で渦巻きはじめている。

七

卯月八日、灌仏会。

手桶に花を飾った願人釈迦が「おしゃか、おしゃか」と嗄れ声で呻きながら、表通りを流している。

結之助はおふくに従い、麻布善福寺にある無縁仏の墓を詣でてきた。

本堂に飾られた花御堂(はなみどう)を愛(め)でるべく、朝から大勢の参拝客が訪れたものの、夕の八(や)つを過ぎて湿気をふくんだ風が吹きはじめた頃から、人影もまばらになった。

すでに、日没は近い。

風に煽(あお)られた茜雲(あかねぐも)は刻々と形状を変え、どす黒い雨雲になりかわっていく。

結之助は武家屋敷の甍(いらか)を眼下にしつつ、勾配のきつい仙台坂をくだっていった。

雨雲の割れ目に覗く残照が、女将のうなじを朱に染めている。

しばらくすると、土手の向こうに渋谷川がみえてきた。

おふくは、無垢な娘の心に憑(つ)き物が降りてくるのを案じた。

留守番を命じられたおせんは悲しげな顔で、殊勝にも結之助に頭を垂れた。

「どうか、おっかさんをお願いします」

おかげで供をするはめになったが、不運なおちよの霊を慰めてやりたい気持ちもあった。

五年前に鈴を託した女のあったことは、おふくには告げていない。

告げることもあるまいとおもった。おちよとの数奇な因縁を語ったところで、死者が還ってくるわけではない。

おふくは二ノ橋に足を踏みいれ、なかほどまで進んだ。

「このあたりかねえ。生首が吊されたのは」

欄干から身を乗りだし、吊るされた痕跡を探しはじめる。

結之助は、左手に願人釈迦から買った手桶を提げていた。

藤に緋牡丹、山百合に杜若、手桶は可憐な花々で満たされている。

「樒なんぞの抹香臭い花じゃなしに、彩りのある花を手向けてやろうよ」

おふくはそう言い、生首の晒された二ノ橋まで、わざわざ足を運ぶことにした。

成仏できぬおちよの恨みが、そこにわだかまっているとおもったからだ。

結之助の瞳には、滔々と流れる渋谷川が映っている。

「あれをご覧よ」

欄干の一部に、纜の切れ端が垂れさがっていた。

なるほど、生首の吊された箇所にまちがいない。

おふくは身を寄せ、用意していた甘茶を欄干に掛けた。

結之助も近づき、欄干のしたに手桶ごと花を手向ける。

「成仏しておくれ」

おふくは両手を合わせ、熱心に経を唱えはじめた。

雨を予感させる夕闇の下、行き交う人影はまばらで、振りかえる者とていない。

橋下の汀に目を落とせば、朽ちかけた小舟が乗りあげている。

おちよは、あの小舟をねぐらにしていたのだろうか。

おそらく、そうにちがいない。

結之助は、胸の痛みをおぼえた。

はたして、あのとき、助けたことがよかったのかどうか。

生きながらえたことが、いっそうの苦しみを与えたのではないか。

幸福が訪れるのを信じ、死に際まで鈴を携えていたことが、憐れで仕方ない。

「南無……」

結之助もうなだれ、経を唱えた。

やがて、日向坂のほうから、騒がしい侍の一団がやってきた。

一見しただけで傾奇者とわかる華美な扮装の連中で、五人いるなかのひとりには見覚えがあった。

猪俣杏三郎である。

揃えて剃ったのか、両方とも鬢がない。間抜けな顔だ。

結之助は関わりを避けようと背を向け、かえって怪しまれた。

「おい、そこの浪人、ちと顔をみせろ」

偉そうに吐いてみせるのは、猪俣にほかならない。

「わしらは見廻組である。麻布界隈で横行する辻斬りの下手人を捕らえるべく、こうして市中見廻りをやっている。町奉行所の廻り方が頼りにならぬゆえ、わしら大身旗本の子息がひとはだ脱いでやろうというわけだ。怪しい浪人者は片端から、素姓を問わねばならぬ。事情を説明してやったぞ。ほれ、顔をみせよ」

おふくが袖を捲り、割ってはいった。

「こちらの旦那は、わたしの付き人です。怪しい者じゃござんせんよ」

「何者だ、おぬしゃ」

「芳町の口入屋ですけど」

「ふうん。されば、そやつは口入屋の用心棒というわけだな」

「ええ、そうですよ。さ、わたしらにはお構いなく、見廻りをつづけてくださいな」

「そうはいかぬ。二ノ橋は殺められた舟饅頭の生首が晒されたところだ。おぬしらはほれ、そこに花なんぞを手向けておる。いかにも、怪しいではないか」

「怪しいことなぞあるものですか。憐れな末路をたどった遊女の霊を慰めにきたんだからね」

「ふん、どうせ、死んだのは舟饅頭であろうが」

猪俣はずかずかと近づき、花で飾られた手桶を蹴った。

緋牡丹が鮮血のようにばらまかれ、こぼれた水が結之助の足を濡らす。

「あっ、おぬし」

猪俣がこちらの正体に気づき、後ろに跳びはねた。

「桐谷さま、こやつです。芳町で拙者を辱めた痩せ浪人にまちがいありません」

「それは奇遇だな」

堂々とした体軀の月代侍が疳高い声を発し、頰に薄笑いを浮かべる。

旗本奴の首領格、桐谷数馬であった。

切れ長の眸子に高い鼻梁、薄い唇もとをへの字に曲げた顔は立役もできそうな役者の顔だが、暗く沈んだ瞳には残忍さが滲みでている。

霜枯れの紋蔵によれば、幕府筆頭目付の次男坊にして、鹿島新當流の遣い手らしい。

刃長で三尺余りはあろうかという大太刀を、腰帯に差すのではなしに佩(は)いていた。

「触らぬ神に祟(たた)り無しだよ」

おふくは耳許で囁くが、このまま逃がしてもらえそうにない。

「ちと、遊んでやれ」

桐谷の台詞(せりふ)に反応し、手下四人がぱっと散った。

一斉に抜刀するや、八相や青眼(せいがん)に構えてみせる。

なかでも、猪俣は殺気立っていた。

鬢を毟られたことが口惜しくてたまらないのだ。

恨みを晴らす好機を得たとばかりに、気持ちを昂(たか)ぶらせている。

「待ってくれ。おぬしらとやりあう気はない」

おふくを背に庇(かば)い、結之助は静かに言った。

八相に構えた猪俣が叫ぶ。

「腰抜けめ。おぬしを叩きのめし、両鬢を毟りとってくれるわ。痛いぞ。この世の痛みとはおもえぬほどになあ。おれさまの受けた痛みと屈辱、おぬしにも存分に味わわせてやる。うりゃっ」

猪俣は気合いもろとも、上段から斬りかかってきた。

結之助は躱さずに身を沈め、すっと懐中に潜りこみ、猪俣の右手首を摑む。

摑んだ拍子に捻りあげ、刀を奪いとってみせるや、くるっと峰に返し、猪俣の首筋を打った。

「ぬきょっ」

水鶏のような声を発し、猪俣は白目を剝く。

ほかの三人はたじろぎつつも、呼吸を合わせて刃を揃え、正面と左右から同時に斬りこんできた。

「死ね」

鼻先に突きだされた刃を、結之助は内から横薙ぎに弾いた。

弾いた勢いのまま、左に迫った男の側頭を打つ。

「ねげっ」

男が地に落ちる寸前、結之助は禊はらいの神官よろしく袖を振り、一歩遅れて右から襲ってきた男の脇胴に渾身の水平打ちを見舞った。

めりっと、肋骨の折れる音がする。

と同時に、体勢を立てなおした正面の男が袈裟懸けを狙って、二の太刀を浴びせてきた。

結之助はひょいと鬢の際で躱し、丸太のような右足を振りぬく。

「ぬごっ」

男は足の甲で顎を砕かれ、泡を吹きながら頽れていった。

一瞬にして四人を昏倒させたにもかかわらず、結之助は息もあがっていない。

「ふふん」

ひとり残った桐谷数馬が、鼻で笑った。

「少しはできるらしい」

腰に佩いた大太刀の鯉口を切り、ずらりと抜きはなつ。

大太刀は腰反りの強い逸品で、先端の物打ちには血糊が付いていた。

結之助は猪俣から奪った刀を車に落とし、胴を晒す恰好で対峙する。

「ふん、誘うておるつもりか。わしはそこに寝ておるできそこないどもとはちがうぞ。なにせ、人を斬ったことがある。それも、ひとりやふたりではない。くふふ、おぬしはどうだ。あるのか。よおく聞け。ひとを斬った者はな、畜生道に堕ちる。いちど畜生道に堕ちた者は、二度とまっとうな道に戻ることはできぬ。とどのつまり、惨めな死にざまを晒すしかないのよ」

自嘲（じちょう）しているようにも聞こえ、みえない誰かに訴えかけているようでもある。

どっちにしろ、桐谷数馬の瞳は深い悲しみを湛（たた）えているやに感じられた。

「おぬし、なぜ、右腕を使わぬ。もしや、使えぬのか」

結之助は黙して応じず、握った刀を片手青眼に構えた。

橋の周囲には、不気味な念のようなものがたちこめている。

結之助や桐谷数馬の発するものではない。

殺められた者の怨念（おんねん）が渦巻いているのだ。

「なにやら、肩が重い」

桐谷数馬が、つぶやいた。

ぽつぽつと、雨が落ちてくる。

数馬は相青眼の構えを解き、どす黒い空を仰いだ。

「水入りだな。この勝負、預けておこう」

大太刀を納めて踵（きびす）を返し、日向坂のほうに去っていく。

置き去りにされた手下どもは、覚醒しそうにない。

結之助は、耳を澄ました。

桐谷数馬が、おちよを殺めた下手人なのだろうか。

じっと耳を澄ましても、鈴の音は聞こえてこない。
猪俣から奪った本身を、惜しげもなく川に抛った。
「おまえさん、お強いんだね」
おふくは濡れ髪を掻きわけ、しきりに感心する。
長い睫を瞬く様子が、どことなく艶めいていた。
優しくしてやりたいが、さしかける傘もない。
心を濡らす雨が、次第に強くなってきた。

八

三日経った。
卯の花腐しの長雨がつづいている。
おふくは旗本奴の意趣返しを恐れたが、今のところ、それらしき兆候はない。
結之助はひなた屋の濡れ縁で立鼓を器用に操り、おせんを喜ばせていた。
「すごい、すごい。つぎは芥子之助をやっとくれ」
命じられたとおり、もう何度かやってみせた空中豆切りの妙技を披露する。

本物の芥子之助同様、徳利と豆と鎌を天井めがけて投げ、徳利を避けながら回転する鎌の刃で豆をふたつに切るのだ。

「やった、やった。ひなげしのおっちゃんは、すごいことができるねえ」

おせん以外には芥子之助の妙技を披露していないし、ひなげしという綽名も教えてはいない。

女将のおふくは拝まれたら拒めない性分らしく、女たちの働き口を探すために奔走している。朝から晩まで、とんでもなく忙しい。結之助は子守を押しつけられたようなものだが、おせんといっしょにいるだけで、ささくれだった心が不思議と安らいだ。

簀戸が開き、合羽がわりの浴衣を頭からかぶった紋蔵がやってきた。

「ちくしょうめ、いっこうにやむ気配もねえぜ。迎え梅雨ってのも始末におえねえな。ふえっくしょい。くそったれめ。灌仏会も過ぎたってのに、やけに冷えやがる。今日あたりは、女将の長火鉢に炭を入れてえくれえだぜ」

紋蔵は脱いだ浴衣をばさっとひろげ、草履を脱いで濡れ縁にあがる。

手拭いで汚れた足を拭き、懐中から朴の葉で包んだ土産を差しだした。

「ほれ、おせんの好きな『笹屋』の串団子だ」

四個をひと串にして四文と安価だが、甘辛い醬油のたれをからめた団子の味は癖になる。

「わあ、嬉しい」

手を叩いて喜ぶおせんの頭を撫で、紋蔵は奥へ消えると、手際よく茶の用意をして戻ってきた。

朴の葉を開くと、串団子が四本入っている。

「わたしが二本ね」

おせんは真剣な顔で言い、自分のほうに串を二本寄せる。

紋蔵は笑った。

「おめえのために買ってきたんだ。誰も取りゃしねえよ」

「うん」

「ゆっくり食べんだぞ。のどに詰まっちまうからな」

「うん、わかってる」

紋蔵は串を摘むおせんに笑いかけ、笑ったままの皺顔を向けてくる。

「よう、用心棒。おめえに耳寄りのはなしを仕入れてきたぜ。麻布の賢崇寺から、具足一式が盗まれていたらしい。もう、三月もめえのはなしさ。盗まれたな、鍋島家ゆかりの日足具足と称する宝物でな、胴丸に十六日足の家紋が描かれた代物だとよ」

鉄錆地の鉢形兜に桶側二枚胴。黒糸縅の大袖と草摺にくわえて、籠手、臑当、佩楯の三具ともに漆黒という具足は、そもそも、鍋島家の主家筋に当たる龍造寺家の所有物であった。「肥前の熊」と恐れられ、戦国武将の雄として名を馳せた龍造寺隆信の具足なのだ。黒一色のなかで面頬だけが深紅のため、戦場で鬼神のごとく暴れまわる隆信のすがたは赤鬼にみえたという。

旭日を象った日足は、龍造寺家の家紋にほかならない。それを、同家の臣下だった鍋島直茂が豊臣秀吉の赦しを得たうえで受けついだ。おそらく、隆信の具足も家紋とともに直茂の手に渡ったのだろう。そののち、日足具足は鍋島家の宝物として扱われ、菩提寺の賢崇寺に奉納されたのだ。

「川に落ちた折助のはなし、ありゃどうも真実だった。舟饅頭のおちよを殺めたのは、鍋島さまの日足具足を纏った物狂いにちげえねえ。おれはな、そう睨んでいるんだ」

結之助は串団子を頬張り、紋蔵が淹れてくれた煎茶を啜った。

おせんはとみれば二本の串団子をぺろりとたいらげ、部屋の隅でお手玉をしている。

「はなしはまだある。具足を盗んだ野郎の顔、寺の坊主がみていやがった。誰だとおもう。おめえが鬢を毟った相手さ。猪俣杏三郎だよ。仲間がほかにふたりいた。桐谷数馬の手下どもさ」

「坊主は、どうして訴えぬ」

結之助が唐突に聞いたので、紋蔵は肩をびくっとさせた。

「それにゃ理由がある。桐谷家も猪俣家も賢崇寺の檀家(だんか)でな、けっこうな寄進をしているってはなしだ。坊主どもは、知らぬ存ぜぬをきめこむしかねえのよ。まったく、盗んだほうも盗んだほうなら、盗まれたほうも盗まれたほうだぜ」

紋蔵は膝を寄せ、誰が聞いているわけでもないのに、声をひそめた。

「辻斬りの下手人は桐谷数馬だ。きっと、そうにちげえねえ。手下に盗ませた具足を纏い、夜な夜な狩りに出掛けるってわけさ。どうでえ、そうはおもわねえか」

「さあ、どうかな」

結之助が首を傾げると、紋蔵は眸子を剝いた。

「ちがうってのかよ」

どうも、しっくりこないのだ。

理由は、桐谷の吐いたことばにある。

――なにせ、人を斬ったことがある。それも、ひとりやふたりではない。

大身旗本の穀潰しは、誇らしげに言った。

しかも、血糊の付いた太刀先をわざとみせびらかした。

結之助の知るかぎり、人斬りはああした態度をとらぬ。

人斬りは五体の内に、尋常ならざる殺気を秘めている。

刀を抜かずとも、対峙する者を震撼させるほどの気を放つことができるのだ。

桐谷数馬には、それがなかった。

なるほど、剣術はかなりできる。

が、あくまでも、それは板の間の剣術にすぎないと、結之助は見抜いていた。

大太刀の切っ先に付いた血糊は、山狗か何かを斬ってこさえたものにちがいない。

「おめえさんは納得いかねえようだが、ひとってのはわからねえもんだ。具足を身に纏った途端、性質が変わるってこともある」

たしかに、紋蔵の言うことにも一理ある。

具足に込められた戦国武者の怨念が、憑依しないともかぎらない。

「どっちにしろ、相手が甲冑武者となりゃ、一筋縄じゃいかねえ。おめえさんはけっこう強えらしいが、いくらなんでも片手打ちで鉄の兜は割れねえだろうよ」

割れるかどうかは、ためしてみなければわからない。

だからといって、ためそうとおもっているわけではなかった。

おちよの無念を晴らしてやりたい気はするが、みずからすすんで甲冑武者を成敗するという心構えは、まだできていない。

突如、虻が一匹迷いこんできた。

縦横無尽に飛びまわり、うるさくて仕方ない。

結之助は、たいらげた団子の串をきれいに嘗めた。

黒目だけを左右に動かし、虻の動きを追いつづける。

「くそっ、この野郎」

紋蔵は捕まえようと必死に手を伸ばすが、掠りもしない。

おせんは怖がるどころか、きゃっきゃっと笑いころげている。

やがて、胡麻粒のような虻が、三間（約五・四メートル）ほど離れた柱に止まった。

刹那、結之助が左袖を振った。

指先から放たれたのは、竹串だ。

一直線に飛んで柱に当たり、ぽとりと板の間に落ちる。

「あれ、静かになりやがった」

紋蔵は気づかず、おせんだけが気づいていた。

「わあ、すごい。虻の目に串が刺さっているよ」

「何だって」

紋蔵は膝を躙(にじ)りよせ、串を拾いあげた。

「うえっ、ほんとだ」

目をしょぼつかせ、心底から驚いてみせる。

「虻の目を串で射抜きやがった」

おせんにとっては、芥子之助の繰りだす妙技の延長にすぎない。

「さすが、ひなげしのおっちゃんだね」

紋蔵は、はしゃぐ娘に阿呆面を向けた。

「おせん、ひなげしってのは何だ」

上手に説明できずとも、意味は伝わるにちがいない。

結之助の眼前には、甲冑武者の亡霊が巨木のように聳(そび)えていた。

やはり、避けて通れぬ相手になるかもしれない。そんな予感がする。

ただし、よほどの策を講じぬかぎり、勝ちを得ることは難しかろう。

今は何よりも、深紅の面頬(めんぼお)を付けた者の正体を知ることが先決だった。

九

翌日も雨は降りつづいていたが、結之助は夕方になると簑笠(みのかさ)を付け、釣り竿一本担いで渋谷川までやってきた。釣果(ちょうか)はどうでもよく、あわよくば甲冑武者と相見(あいまみ)えることを期待してのことだ。

「旦那、釣れるかね」

二ノ橋の欄干から、物乞いの願人坊主が身を乗りだしている。

結之助は釣り竿を股に挟み、左手を「だめ、だめ」と横に振った。

小脇には雨避けの天蓋(てんがい)が張られ、天井から龕灯(がんどう)がぶらさがっている。

願人坊主が土手から降りてきた。

痘痕(あばた)面の四十男だ。

「旦那、ここは海に近え。潮目が変わらねえことにゃ、何ひとつ釣れねえよ」

「ああ、そうかもな」

「教えてやったんだぜ。波銭の一枚もめぐんでくれ」

願人坊主は薄汚れた掌を差しだし、媚びたように笑う。

結之助は袖をひるがえし、びゅんと竿を振った。

「他人に施しのできる身分ではない。すまぬが、ほかを当たってくれ」

「ちっ、しけてやがる」

舌打ちを残し、願人坊主は去った。

「さんぴんめ、いい死に方はしねえぞ」

橋のうえから吐きすてて、仙台坂の闇に消えていく。

不吉な予感が過ぎった。

びくんと、糸が引く。

竿が撓った。

大物だ。

おもわず、腰を浮かす。

と、そのとき。

「んぎゃっ」

仙台坂のほうから、男の悲鳴があがった。

釣り竿を抛（ほう）り、結之助は土手を駆けあがる。

二ノ橋を渡り、息を詰めて坂道をのぼった。

左手のさきには、仙台藩邸の海鼠塀（なまこべい）が白々と浮かんでいる。

携えてきた龕灯を翳（かざ）し、道のやや左寄りをたどっていった。

しばらく進んだところで、つるっと足を滑らせる。

「うわっ」

尻餅をついたところに、血溜まりができていた。

龕灯で照らしてみると、血溜まりから鮮血がふた筋伸び、蛇行しながら四つ辻まで繋がっている。

交叉する道のまんなかには、黒いかたまりが捨ててあった。

屍骸だ。

風体から推（お）せば、さきほどの願人坊主にまちがいない。

襟首をつかまれ、血溜まりのところから引きずられたのだ。

ふた筋の鮮血は、血に染まった左右の踵（かかと）がつくったものだった。

踵は南寄りに向いているが、北を指しているはずの頭はみあたらない。首が無いのだ。

すっぱりと、一刀のもとに断たれている。

結之助は、生首を手に提げた甲冑武者を脳裏に浮かべた。

「化け物め」

なるほど、北に向かう坂道に点々と血痕がつづいている。

坂道は賢崇寺や善福寺を抱える寺町に接し、一本松坂とも称されていた。昼なお暗い暗闇坂に通じる道でもある。

右手の門前町は寝静まり、左手には武家屋敷の高い塀が連なっている。

結之助は、血痕を追った。

「うっ」

左手の側溝から、竹棹が斜めに突きだしている。

殺がれた竹棹の先端には、あきらかにそれと見分けのつくものが串刺しにされてあった。

「生首か」

痘痕面の生首にほかならない。

捕獲した蛙などを尖った枝先に刺しておく。まるで、百舌の早贄のようだった。
願人坊主に恨みでもあったのだろうか。
それとも、痘痕面ゆえに斬られたのか。
一見してそれとわかる特徴ゆえ、命を獲られてしまったのか。
わからない。
――がしゃっ、がしゃっ。
闇の狭間から、草摺の音が聞こえてきた。
「あらわれたな」
結之助は龕灯を足許に置き、低く身構えて鯉口を切る。
しゅう、しゅうと、蛇が獲物を威嚇するときのような息継ぎが聞こえた。
正面の闇は深く、吸いこまれてしまいそうだ。
突如、赤い双眸が光った。
「ぼおおお」
野獣の咆吼とともに、鉄のかたまりが突進してくる。
漆黒の具足が闇に溶け、化け物の輪郭は判然としない。
それは熊のようにもみえ、翼を広げた怪鳥にもみえた。

あるいは、地を覆う黒雲とでもいうべきか。

「ふおっ」

前触れもなく、剛刀が頭上へ振りおろされた。

「くっ」

結之助は抜刀し、薙ぎあげるように一撃を弾いた。

間髪（かんはつ）を容（い）れずに地を蹴り、中空に高々と舞いあがる。

「けえ……っ」

鉄兜の中心に狙いを定め、腹の底から気合いを発した。

落ちる勢いを利用し、大上段から刀を振りおろす。

——がしん。

金属音とともに、火花が散った。

甲冑武者はふらつき、がくっと片膝をつく。

が、すぐさま起（た）ちあがり、こちらに背を向けた。

蹌踉（よろ）めきながらも、闇の向こうに去っていく。

結之助は、長々と息を吐いた。

全身の毛穴がひらき、どっと汗が吹きだしてくる。

たった一合(ごう)、交えたにすぎない。
しかし、追う気力は残っていなかった。
柄を握った左手は、肩のあたりまで痺(しび)れている。
二の太刀を浴びせるどころのはなしではなかった。
なにしろ、刀の先端が欠けている。
折れた刃はとみれば、側面の海鼠塀に刺さっていた。
「ためすまでもなかったわ」
かつて、石をも砕くと評された片手打ちも、鋼鉄の兜を割ることはできなかった。
真っ向勝負が通じる相手ではない。
さりとて、勝ちを得る妙案も浮かんでこない。
地の者が狐(きつね)坂と呼ぶ坂をすすみ、右手に折れた。
たどりついた空き地は、よく知っている。
何度となく、夢に出てきた場所だ。
正面には高い塀が厳然と立ちはだかり、闖入者(ちんにゅうしゃ)を拒んでいた。
ここは、小見川(おみがわ)藩上屋敷の裏手なのだ。
なぜ、ここに来てしまったのだろうか。

下総の湊町（みなとまち）に生を受け、元服（げんぷく）してからは小見川藩の藩士として忠勤に励んだ。江戸勤番を仰せつかった二十歳そこそこのころ、藩邸の裏手にあたるこの空き地で毎夜のように木刀を振った。朋輩（ほうばい）たちは夜遊びに興じていたが、たったひとり、三尺余りの木刀を両手で握りしめ、五百回、千回と納得のいくまで振りこんだ。二度と戻るまいと心に決めていた場所に、なぜ、ふらふらと迷いこんでしまったのだろうか。

まさか、落人の亡霊に導かれたわけでもあるまい。

久方ぶりに、生死の境目に身を置く者の恐怖を感じている。

結之助は両膝を折り、雨に濡れた草叢（くさむら）のなかに蹲（うずくま）った。

十

夢をみた。

すでに、何度となく魘（うな）された悪夢だ。

結之助は、白い玉砂利のうえに正座している。

裁きの場、どこかの藩邸の白洲（しらす）であろうか。

――ご覧あれ。
悲愴な覚悟で叫び、左手で脇差を振りあげた。
――けい……っ。
鋭い痛みとともに、鮮血が散る。
すぐそばに、自分の右腕が落ちていた。
重臣たちはみな、呆気にとられている。
――捨ておけい。
殿様が鼻白んだ顔で吐きすて、高座から居なくなった。
妻の慟哭が、次第にはっきりと聞こえてくる。
――琴音、琴音。
声をかぎりに叫んでも、すがたはみえてこない。
そこで、いつも、はっと目を醒ます。
全身が、汗でびっしょり濡れていた。
気づいてみれば、なにやら、ひなた屋が騒がしい。
昨晩は痛飲し、宿酔いで頭が割れるように痛かった。
甲冑武者と立ちあったことが夢の中の出来事にしか感じられない。

しかし、刀を鞘から抜いてみると、あきらかに先端は欠けていた。

夢ではない。

目を擦り、褥のうえに起きあがる。

と、そこへ、蔭間の京次が飛びこんできた。

「たいへんだ。おせんちゃんが拐かされた」

「なに」

褥から跳ねおき、着替えもそこそこに廊下を渡る。

玄関からつづく八畳間には、霜枯れの紋蔵や馬医者の甚斎など、顔見知りが集まっていた。

おふくは泣きたいのを必死に怺え、長火鉢の灰に鉄火箸を突きさしている。

紋蔵が言った。

「拐かされたな、ほんの少しめえだ。露地裏でいっしょに遊んでいた近所の娘が、悪党どもの綴った文を携えてきやがった。ほれ、用心棒、おめえ宛だ」

手渡された文には、走り書きで短い一文が綴られてあった。

――本日亥ノ刻、広尾原にて待つ。ひとりにて参じるべし。

紋蔵が溜息を吐いた。

「おせんを拐かしたな、おめえが二ノ橋で痛めつけた連中だ。意趣返しがしてえのさ。おめえを誘いだすために、罪もねえ娘を拐かしやがったんだ」

「汚ねえやつらめ」

と、馬医者が発する。

結之助は、ぎりっと奥歯を嚙んだ。

おふくは、我慢できずに泣きだす。

が、こちらを詰(なじ)ろうとはしない。

「わたしがもっと気をつけてやればよかったんだ」

と、自分を責めたてる。

「親分、どうしよう」

「そうさな。廻り方の旦那に相談してもいいが、下手な動きをすれば、おせんの命が危ねえ。切れたら何をしでかすかわからねえ連中だからな」

「だったら、どうすれば」

「用心棒に任せるしかねえだろ」

「わかったよ。親分の仰るとおりにする」

おふくは長火鉢の脇に身を投げだし、両手を畳についてみせた。

「朝比奈の旦那、お聞きのとおりですよ。どうか、娘を……おせんを助けてください。このとおりです」

結之助は、できるだけ平静を装った。

「女将さん、手をあげてくれ」

「いやです。うんと言っていただくまでは」

「頼まれるまでもない。命に代えても、おせんは救いだす。案ずるな」

「は、はい」

ぐしゅっと、おふくは洟(はな)を啜った。

目を瞑(つむ)れば、おせんの笑顔が浮かんでくる。

名状(めいじょう)しがたい憤りが、結之助の胸を突きあげた。

十一

夜になった。

——ふおおん。

縹渺(ひょうびょう)とした葭原(あしはら)に、山狗(やまいぬ)の遠吠えが響いている。

崩れかけた小屋のそばには、篝火が焚かれていた。

夜空には、願い事がかなうという十三夜の月が出ている。

風はめっぽう強く、背の高い葭が黒髪のように靡いていた。

桐谷数馬も、そこにいるのだろうか。

霜枯れの紋蔵が言ったとおり、数馬が辻斬りの下手人だとすれば、今宵も悪夢をみることになるやもしれぬ。

脳裏を過ぎるのは、闇の底で光る赤い双眸だった。

しかし、甲冑武者が数馬であるという確証はない。

恐れを振りはらうように、大股でずんずん進んだ。

篝火の裏側から、異様な人影がひとつあらわれる。

「うっ」

具足を纏った男だ。

兜は付けていないので、猪俣杏三郎だとすぐにわかった。

「ぬへへ、来よったな。痩せ浪人め」

両鬢だけでなく、猪俣は頭髪も丸々と剃りあげている。

仲間の三人も、すがたをみせた。

橋で痛めつけた手合いだ。

みな、具足を付けていないが、長槍を手にする者はいた。

兜こそ付けている。

猪俣が大声をあげた。

「驚いたか。この具足、盗品ではないぞ」

たしかに、大身旗本の蔵なら、具足の一式くらいは眠っていよう。

しかし、いずれも、日足具足のような殺気を放ってはいない。おそらく、主人とともに熾烈(しれつ)な戦場をくぐりぬけたことのない代物なのだろう。龍造寺隆信の怨念が憑依(ひょうい)した具足とは、どだいものがちがう。

「がはは、ここは天下分け目の関ヶ原(せきがはら)よ」

馬鹿笑いする猪俣の面前で、結之助は足を止めた。

「おせんはどうした」

「死なせやしないさ。だいじな姫君だからな」

猪俣は冷笑を浮かべ、小屋に向けて顎をしゃくった。

「無事かどうか、なかをみせろ」

「よかろう。こっちに来い」

猪俣はさきに立って扉の隙間に身を入れ、手招きしてみせる。

結之助は三人に囲まれながら、じめじめした小屋に踏みこんだ。

行灯に照らされた板間の隅には筵が敷かれ、おせんが子兎のように丸まっている。

眠っているようだった。優しい顔だ。縛られてもおらず、一見したところ、傷つけられた様子もない。

ほっと安堵したそばから、猪俣が刀を抜いた。

「下手に動いてみろ。娘の命はないぞ」

鋭利な刃が、おせんの腹を撫でる。

結之助は、低く吐きすてた。

「やめろ。おぬしらの狙いは、わしであろうが」

「お、ほほ、そうであった」

「桐谷数馬はどうした」

「え」

「おぬしら、拐かしを命じられたのではないのか」

「あのお方が命じるかよ」

猪俣たちの一存でやったことらしい。

それなら何とかなりそうだと、結之助はおもった。

「まずは、一発撲（なぐ）らせろ」

と、猪俣が発した。

やにわに、横から膝蹴りが飛んできた。

「ぬぐっ」

臑当（すねあて）の固い部分が鳩尾（みぞおち）に食いこみ、声も出せずに蹲（うずくま）る。

すぐさま、左腕を取られ、戸外へ引きずられていった。

篝火のしたに抛られ、三人に撲る蹴るの暴行を受ける。

おせんを人質にとられているので抵抗できない。

草摺とともに、猪俣がやってきた。

「わしにもやらせろ」

割りこんでくるや、胸元に蹴りをいれてくる。

「うぐっ」

さらに、猪俣は結之助の襟首を摑んで起きあがらせ、薄い鉄板を縫いつけた籠手で頬桁（ほおげた）を叩いた。

べきっと、歯が折れた。

血の混じった唾を吐く。

「こやつめ」

反対の頬桁を叩かれ、仰向けになるや、足の裏で胸を踏みつけられた。

それでも、結之助はめげずに、腫れあがった顔を持ちあげる。

「もう、気が済んだであろう。娘を放してくれ」

「そうはいかぬ」

ふたりがかりで、上半身を起こされた。

槍の長柄で、したたかに背中を叩かれる。

堪らずに俯せとなり、泥水を吸わされた。

ひとりが左手首を取り、ぐいっと捻じまげる。

肘が伸びた。

「ぬへへ、左腕も貰おう」

猪俣の手には、蒼白い刃が煌めいている。

「それで、あいこだ。ふえい……っ」

刃が振りおろされた。

「ぎゃっ」

悲鳴をあげたのは、結之助ではない。

旗本奴のひとりが、肩口をばっさり斬られている。

手首を握っていたはずが、尋常ならざる膂力で引っぱられたのだ。

結之助は斬られた相手の腰帯から、大刀を鞘ごと抜いていた。

「小癪な」

猪俣の繰りだした二撃目を鞘で弾き、鞘尻をこめかみに叩きつける。

「ぎょっ」

一撃で昏倒させた。

と同時に、背後から長槍が突きだされてくる。

反転しながら素早く避け、左脇で先端の穂口をたばさんだ。

「ぬおっ」

力任せに持ちあげるや、相手は宙で足をばたつかせる。

そのとき、最後のひとりが独楽鼠のように走りぬけた。

おせんを楯に取るべく、小屋に向かったのだ。

「させるか」

結之助は槍を抛り、落ちていた刀鞘の差裏(さしうら)から小柄(こづか)を抜いた。

「しゃっ」

無造作に投擲(とうてき)する。

小柄は空(くう)を裂き、扉の隙間に身を入れかけた男の耳に突きささった。

「ぬげっ」

倒れた男は、ぴくりとも動かない。

右耳の穴に刺さった小柄が、左耳の穴から先端を覗かせている。

「ぬりゃ」

槍遣いの男が性懲りもなく、真横から突きかかってきた。

結之助は穂先を鞘で弾き、弾いた勢いで抜刀するや、長柄の表面に刃を滑らせ、相手の小脇を擦りぬけた。

「ひょえ」

相手は具足を纏っている。

狙うべきは咽喉(のど)、籠手裏、股間の三ヶ所だ。

が、結之助の太刀は、男の頭蓋を皿のように殺いでいた。

兜を付けなかったことが、仇(あだ)になったというべきか。

結之助は刀を捨て、昏倒した猪俣のそばへ近づいた。

とどめを刺そうともせずに、そのまま小屋へ向かう。

狭間から踏みこむと、おせんは目を醒ましていた。

「あ、おっちゃん」

両手をあげるおせんに近づき、ぎゅっと抱きしめてやる。

「大丈夫だ。何も案ずることはない」

「うん。わたしは平気だよ。おっちゃんこそ、何で泣くの」

「ん」

どうしてなのか、自分でもわからない。

悲しくもないのに、涙が溢れてくる。

ひとを斬ったあとはきまって、涙がとめどもなく溢れてくるのだ。

結之助は以前から、その理由を探しあぐねていた。

「拭いてあげるよ」

おせんは、袖で涙を拭ってくれた。

「すまぬな。よし、行こう。ひなた屋でおっかさんが待っている」

結之助はおせんを負ぶい、小屋の外へ出た。

「しばらくのあいだ、目を瞑っておれ」

「はい」

おせんは言いつけを守り、じっと目を瞑った。

そこにいるはずの猪俣杏三郎が、どこかに消えている。

月影を浴びた三体の屍骸が、蒼白く浮かんでみえた。

葭原の茂みには、山狗どもの双眸が赤く光っている。

「おっちゃん、まだかい」

かくれんぼでもしているかのように、おせんが楽しげに問うてきた。

十二

この一件に決着（けり）がついたら、ひなた屋を出ていこうと決めた。

おせんは運良く救えたが、もう少しで取りかえしのつかないことになっていた。

自分がいては迷惑になる。おふくには心底から感謝されたが、結之助は申し訳ない気持ちでいっぱいだった。

二日後、どうした事情か、北町奉行所から呼びだしが掛かり、結之助は呉服橋（ごふくばし）

御門へ向かった。

白黒二色の海鼠塀と厳つい長屋門に気後れを感じつつも、六尺棒を握った門番に来訪を告げると、面倒くさがりもせずに連絡を取ってくれ、しかも、年配の与力がわざわざ迎えにあらわれた。

町奉行所なんぞに踏みこんだ経験はない。

結之助は居心地の悪さを感じながら、那智黒の玉砂利を踏みしめた。

玄関で檜の匂いを嗅ぎながら履物を脱ぎ、与力に先導されるがまま、北端の角部屋に向かう。

案内されたところは、平常は人気のない年番部屋であった。

襖を開けると、髪も眉も白い老臣が難しい顔で座っている。

与力が慇懃に発した。

「幕府筆頭御目付役、桐谷帯刀さまなるぞ。本日は極秘の御用向きで、わざわざ奉行所へまいられたのじゃ。おぬしに糺したき議がおありらしい。ほれ、お辞儀をせぬか」

「よいよい、堅苦しい挨拶はいらぬ」

桐谷帯刀は案内役の与力を制し、四角い顎をしゃくりあげた。

「もうよい。そちはさがっておれ」

「は、では失礼いたします」

遠ざけられた与力は、険しい顔で居なくなる。

結之助は襖を閉め、作法どおり、刀を右脇に置いて座った。

「遠い。近(ちこ)う寄れ」

「はい」

膝を躙(にじ)りよせると、帯刀はこほっと空咳(からせき)を放った。

「愚息に聞いた。おぬし、かなりの遣い手らしいな」

「ご用件を仰せください」

「ふん、愛想のないやつめ。されば、単刀直入に言おう。悪党をひとり斬ってほしいのじゃ」

「え」

「ふふ、驚いたか。これは、筆頭目付として命じておるのではない。内々で頼みたいことゆえ、それ相応の手間賃は払う。きりのよいところで、百両。どうであろうな。引きうけてはくれまいか」

「お断り申す」

「即答いたすな。相手の素姓を聞いてから、じっくり考えよ」

帯刀は黙り、懐中から扇子を取りだした。

表面(おもて)を開き、ぱちんと閉じるや、無造作に投げつける。

結之助は躱しもせず、眉間の手前で扇子を受けとった。

「やはり、右手は使えぬらしい。愚息も疑っておったが、その蒼白い右手、糝粉細工のつくりものではないのか」

「それを聞いて、どうなされる」

結之助は問いつつ、扇子を投げかえす。

帯刀はいとも容易(たやす)く受け、ばっと開いてみせた。

「ふっ、どうもせぬわ。以前に聞いた面白い逸話をおもいだしたまでよ。さほど長いはなしではない。語ってきかせよう」

家禄五千石を誇る桐谷家の邸は、麻布の永坂町にあった。三丁と離れていない日ケ窪(ひがくぼ)町には、下総小見川藩一万石を司る内田豊後守(うちだぶんごのかみ)の上屋敷があり、帯刀は昨年まで小見川藩の出入旗本を仰せつかっていたという。

「そのとき、小耳に挟んだはなしじゃ。今から十余年前、先代藩主伊勢守正容(いせのかみまさかた)さまの面前で、みずからの利き腕を脇差で断った剛の者がおったらしい」

伊勢守正容は大身旗本の家から養子になった人物で、全身に刺青を彫ったり、何かと素行に難があった。ついに幕府の不興を買い、昨年、不行跡との理由から三十八歳で隠居させられ、十歳の嗣子正道に家督を譲っている。

十余年前の陰惨な出来事も、そうした正容の気まぐれから生じたことであった。

「腕を断った藩士の妻は小見川城下でも評判の美人で、下総の虞美人とまで評されておったらしい。噂を聞いた殿様が参勤交代で国許に帰ったおりに、何かの理由をこじつけてその妻を召し、不運にも見初めてしまわれたのじゃ」

夫は将来を嘱望される若侍、しかも、藩内きっての遣い手で、馬廻役に抜擢されたばかりだった。妻を別れさせ、側室にあげさせよという命を受け、使者役の重臣は弱りきった。なぜなら、夫が類い希なる忠義の士であることも、妻との仲が誰もが羨むほど睦まじいことも聞きおよんでいたからだ。しかし、いかに理不尽な仰せであろうと、臣下たるもの、主命を全うしなければならない。

使者はまず、両家の親と主立った親類縁者を説きふせ、周到に外濠を埋めたあと、本人たちのもとへ口上を述べに向かった。

「夫も妻も、黙って口上を聞いていた。それを、使者は諾と受けとったのじゃ」

ところが、一刻足らずのちのことだった。夫が脇差のみを帯びた恰好で陣屋の中庭にあらわれ、殿様に目通りを請うた。重臣はこれを却けたが、騒ぎを漏れ聞いた殿様本人が目見えを許してしまった。

「さて、そのときはやってきた。夫は殿様を面前にして、どんなことがあろうとも、最愛の妻を側室にはあげられぬ。かわりにこれをと、言うが早いか、右腕をにゅっと突きだし、左手に握った脇差で一刀のもとに断った。場の空気は凍りついた。玉砂利のうえは血の海じゃ。夫は血の気を失った顔で、殿様に懇願しつづけた。お慈悲を、お慈悲をとな」

殿様は鼻白んだ顔でひとこと、捨ておけと吐いたらしい。ところが、重臣のひとりが夫の勇気に感銘を受け、すぐさま配下に手当を命じた。おかげで、夫は一命をとりとめた。しかも、本来ならば家名断絶のうえ、領外追放の沙汰を受けても仕方のないところであったが、重臣のはからいで、夫婦は目立たぬところに住まいを与えられ、秘かに捨て扶持まであてがわれたという。

「そののち、腕を断った藩士の夫婦がどうなったか、知る者はいない」

陣屋の中庭で起こった出来事は箝口令が敷かれたため、外に漏れることもなかった。が、何年か経過し、小見川藩という小藩にも、とんでもない強者のあったことが秘かに語られはじめた。

「わしが聞いたところでは、したり顔で批判する輩も少なくなかった。殿様への忠義ではなく、妻への恋情を選んで、みずからの腕を落としたのは、武士にあるまじき行為だと言う。笑止な。どこの誰が公の場で、利き腕を落としてみせられようか。並の者には想像もできぬ壮絶な覚悟があったやに相違ない。藩士の名は伏せられ、今では口にする者もおらぬが、比類なき剣の達人であったことは確からしい。それほどの意志をもった人物じゃ。隻腕となってからも修行を重ね、ひとかどの剣士になったやもしれぬ。愚息におぬしのことを聞いたとき、もしやとおもった。隻腕の遣い手など、ざらにはおらぬからのう」

「ひとちがいにござる」

結之助がにべもなく応じると、帯刀は小馬鹿にしたように鼻を鳴らす。

「ふん、さようか。なれど、おぬしが隻腕であろうとなかろうと、類い希なる遣い手であることにかわりはない。さあ、百両でわしの願いをかなえてくれ。よいか、心して応えよ。おぬしが斬らねばならぬ相手とはな、不肖の次男、桐谷数馬じゃ」

結之助は内心の動揺を隠し、眉ひとつ動かさない。

「わしは、あれを甘やかしすぎた。母親を早くに亡くし、不憫におもったせいかもしれぬ。厳しく育てた兄は欠点の無い跡継ぎに育ったが、数馬は心の一部が欠けたまま大人になった。母親を失い、淋しさをぶつける相手も、包みこんでくれる相手もおらんようになった。それゆえ、粗暴な悪党になりさがったのじゃ」

帯刀は重苦しい溜息を吐き、三白眼（さんぱくがん）で睨みつけてくる。

「巷間を騒がす辻斬りも、あやつの仕業ではないかと懸念しておる。かりに、そうだとしたら、とうてい許される所業ではない。幕府筆頭目付たる桐谷家の子が人斬りと世間に知れたら、本人のみならず、わしも跡継ぎも腹を切らねばなるまい。当然のごとく、家名断絶は免れぬ。それだけは、ぜったいに避けねばならぬ。本来なら、わしが始末をつけるべきであろうが、親の情が決断を鈍らせる。ゆえにな、関わりのないおぬしに、あやつを斬ってほしいのよ。いいや、おぬしほどの遣い手でなければ、数馬を斃（たお）すことはできまい。あやつの剣は、わしが仕込んだ。若くして鹿島新當流の免状をも得たが、わしが教えた剣は合戦場でこそ生きる介者（かいしゃ）剣術じゃ。どのような汚い手を使ってでも敵を倒し、みずからは生きのびる。そのための技を仕込んでやった。修羅場を踏んだ者でなければ、あやつには太刀打ちできぬ。さあ、返事をしてくれ。数馬を葬ってはくれぬか」

「お断り申す」

「百両でもか」

「報酬の多寡ではござらぬ。見も知らぬ者に子を斬らせようなどと、正気の沙汰とはおもえませぬ」

「ふふ、残念だが、おぬしに断るという選択肢はない。わからぬのか。奉行所に呼んだ理由が。断れば即刻、牢に繋いでやる。なあに、罪状なぞいくらでもつくってやろう。何なら、辻斬りの下手人に仕立ててもかまわぬ。ふははは」

豪快に嗤いあげ、帯刀はやおら腰をあげた。

「三日以内にどうにかせよ。逃げたら兇悪な御下知人として、江戸はおろか、関八州にも五街道にも人相書がまわることになる。わかったな」

返事も聞かずに襖を開け、筆頭目付は意気揚々と廊下を遠ざかっていく。

――ちりん、ちりん。

はっきりとではないが、結之助は懐かしい鈴の音を聞いたような気がした。

十三

桐谷帯刀の申し出を放置したまま、三日目の夜を迎えた。

濡れ縁から、わずかに欠けた月を拝んでいると、意外な男が訪ねてきた。

「旦那、たいへんだよ。猪俣杏三郎のやつが来た。玄関先でね、地べたに両手をついているんだよ」

手ぶらで玄関先へおもむいてみると、なるほど、坊主頭の猪俣が土下座している。

「おう、朝比奈どの。先般のことは謝りたい。このとおりでござる。ついては、貴公に折りいって頼みたいことがあってな」

「何だ」

「助けてほしい。命を狙われておるのだ」

「誰に」

「桐谷さまだ。甲冑を纏うと、あのお方はおひとが変わる。戦国武者の怨念が憑依し、狂うてしまわれる」

「わしにどうせよと」

「あのお方を成敗してもらえぬか。五分（ごぶ）に渡りあうことができるのは、拙者の知るかぎり、貴公しかおらぬ。拙者とともに、お越しくださらぬか」

「どこへ」

「麻布暗闇坂」

と応え、猪俣は目を伏せる。

「暗闇坂に桐谷数馬がおるのか」

「いかにも」

今宵の獲物を捕らえるべく、手ぐすねをひいているはずだという。

「亥ノ刻になるまで、ひっそり隠れておるはずだ。まだ間に合う。貴公にお越し願えれば、憐れな犠牲者を出さずに済む」

結之助は、眉に唾を付けた。

「おぬし、事情を知っておるのか」

「えへへ、まあな」

「具足を纏った辻斬りは、桐谷数馬なのか」

「まちがいない。拙者は止めたのだ。されど、あのお方は聞いてはくださらなんだ」

「なぜ、弱い者ばかりをつけ狙う」

「さあ」

猪俣は首を捻りつつも、ゆっくり記憶をたどった。

「ただ、あのお方は今宵のような欠けた月を嫌う。厳格な目付の家に生まれ育ち、幼きころより曲がった道も四角に歩けと躾けられた。ゆえに、何にたいしても完璧さを求めるようになった。何かを失った者をみると、斬ってすてたい疼きを抑えきれなくなるのだと、そう仰ったことがある」

　事実とすれば、恐ろしい偏見の持ち主だ。

「狂うておるな」

　結之助は、怒りで声を震わせた。

　聞き耳を立てていたおふくも、鉄火箸をぐさっと灰に突きさす。

「旦那、化け物を退治しておくれ」

　女将に助け船を出され、猪俣は我が意を得たりとばかりに言いはなった。

「貴公しかおらぬ。助けてくれ」

　罠ではないかという疑念が過ぎった。

　しかし、それならそれでかまわない。

　猪俣なんぞに頼まれずとも、今夜のうちに決着をつけてやる。

「わかった。まいろう」

「さようか。ありがたい」

嬉しがる猪俣を尻目に、結之助は長火鉢に近づいた。

「女将、そいつを貸してくれ」

何をおもったか、鉄火箸を二本とも貰いうける。

「旦那、きっとお願いしますよ」

おふくは涙目で言い、切り火を切って送りだしてくれた。

結之助は口を真一文字に結び、漆黒の闇へと踏みだした。

十四

麻布暗闇坂は、一本松坂を進んださきにある。

名称のとおり、深い闇が大口を開けて待ちかまえており、灯りを向けると貉(むじな)の双眸が赤く光るのがわかった。

桐谷数馬は甲冑を纏わず、闇のとば口に佇(たたず)んでいた。

猪俣は桐谷のすがたをみつけると、脱兎(だっと)のように駆けだした。

「数馬さま、あやつにござる。あの隻腕が辻斬りの下手人にござりますぞ」

裏切られたと知っても、結之助は泰然と構えている。

予測できたことだ。

一方、数馬の反応は鈍い。

「ふん、あやつが下手人だと。おぬしの目は節穴か」

「なにゆえ、さように仰るのです」

「この坂の呪縛霊が囁くのよ。あやつはちがう。下手人にあらずとな」

「呪縛霊なぞに脅(おび)えるとは、数馬さまらしゅうもない。よろしいか。あれにある朝比奈結之助が痘痕面の願人坊主を殺めたのでござりまする。かく言う拙者が、この目で確かめ申した」

「おぬしがそこまで言うなら、きゃつめを斬ってやろう」

ふたりの会話から推せば、桐谷数馬も誰かのさしがねで暗闇坂に呼びつけられたようだった。しかも、辻斬りを成敗するためにやってきたものらしい。結之助は下手人に仕立てあげられ、数馬との対峙を余儀なくされてしまったのだ。

もはや、筋書きを描いた人物は明白だった。猪俣杏三郎はその人物に脅(おど)され、走り使いをやらされたにすぎない。

結之助はことさらゆっくり歩を進め、数馬の正面に立った。

猪俣がぱっと離れ、道端の草叢(くさむら)に身を隠す。

「桐谷数馬よ、わしは人斬りではない。おぬし、騙されておるぞ」

「何だと」

「下手人は日足具足を纏った物狂いだ。夜ごと人の血を求め、麻布界隈を徘徊し、罪もない者たちの首を狩って歩く。そやつはな、おぬしもよく知る者だ」

「誰だ」

「おぬしの父、桐谷帯刀さ」

数馬は、眦を吊りあげる。

「黙れ。筆頭目付たる父を愚弄することは許さん」

「おぬし、父を信じておるのか。憐れな。辻斬りの下手人を成敗すれば、父に褒めてもらえるとでもおもうたか。親に見放されているのも知らず、おぬしは死に急ごうとしておる。目を醒ませ。桐谷帯刀はな、じつの子に値を付けたのだぞ」

「戯れ言を抜かすな」

「嘘ではない。おぬしの素首は百両よ。たった百両で、あやつは子殺しを持ちかけた。本物の悪党は、闇の向こうに隠れておるわ」

「黙れ、叩っ斬ってやる」

数馬は八の字足に構え、ずらりと太刀を抜いた。

結之助は動じることもなく、胸を張ってみせる。

「信じぬでもよい。わしはただ、真実を教えたかったまで」

草叢がかさりと動き、猪俣が飛びだしてきた。

こちらに背を向け、暗闇のほうへ逃げていく。

「ほれ、裏切り者の鼠が逃げおったぞ」

数馬は呆気にとられ、鼠の背中を目で追った。

と、そのとき。

「んぎゃっ」

断末魔の悲鳴とともに、草摺の音が近づいてきた。

――がしゃっ、がしゃっ。

「ほうら、来たぞ」

結之助に煽られるまでもなく、数馬は身構えた。

赤い双眸が闇に光り、甲冑武者が全貌をあらわす。

「きょ、杏三郎」

数馬が叫んだ。

甲冑武者は、血の滴る生首を手に提げている。

禿頭の生首は、猪俣杏三郎にまちがいない。
「くわっ」
面頬の隙間から、白い息が漏れた。
嗤っているのだ。
武者は猪俣の生首を抛り、腰反りの強い太刀を抜きはなった。
数馬の及び腰をみてとり、結之助は後ろから鼓舞する。
「そやつは狂うておる。父とおもうな」
「言うな、うるさい」
数馬も太刀を抜き、八相に構えた。
武者も八相に構える。
まるで、合わせ鏡のようだ。
鹿島新當流、引の構えか。
同流には「遠山」なる秘技がある。
相打ち覚悟で踏みこみ、咽喉をひと突きにする荒技だ。
甲冑武者を斃すには、咽喉か籠手裏か股間を狙うしかない。
八相の構えから素早く一撃で止めを刺すとすれば、やはり、咽喉しかあるまいと、結之助はおもった。

「へやっ」

予想どおり、数馬は鋭く踏みこむや、渾身の突きを繰りだした。

剣先はぐんと伸び、武者の咽喉をとらえる。

「やったか」

おもわず、叫んだ。

火花が散り、数馬の刃が折れた。

武者は一歩踏みこみ、片手青眼に構える。

「ほおれ」

舞をひとさし、舞っているやにみえた。

しゅるるっと、剣先が蛇のように伸び、数馬の咽喉にぶすりと刺さる。

勢いよく刃を引きぬくと、鮮血が飛沫となって噴(ふ)きだした。

「ぐはっ」

数馬は海老のように仰(の)けぞり、地に落ちていく。

瞠(みは)った両目には、涙が浮かんでいるようだった。

武者は屍骸を悠然と跨(また)ぎこえ、こちらに迫ってくる。

結之助と対峙するや、首に巻いた鉄輪を外してみせた。

「遠山に頼るようでは、まだまだよ」

発する声はあまりに低く、帯刀のものとはおもえない。

「ふほほ、朝比奈結之助、おぬしの手を煩（わずら）わせるまでもなかったな」

「目付の衣をかぶった物狂いめ」

「なぜ、わしとわかったのじゃ」

「鈴の音だ。おぬしが携えておるのは鈴法寺ゆかりの鈴、この手でおちよに与えたものだ」

「ほほう、そうであったか。あの舟饅頭にのう。むふふ、因果は巡る糸車よな」

――ちりん。

と、帯刀は鈴を鳴らす。

結之助は、声を荒らげた。

「なぜ、ひとを斬る」

「さあて。ひとの心は闇、この坂と同じよ。わしはこの暗闇坂で、生まれてはじめてひとを斬った。二十余年もむかしのはなしじゃが、今でも鮮明におぼえておる。なにせ、斬ったのは妻（さい）じゃ。信じておったに、あやつは若党（わかとう）と不貞（ふてい）をはたらきおった。わしは怒り心頭に発し、ここであやつの首を斬った。そして、生首を鈴ヶ森の獄門台に晒したのよ。鴉が妻の目玉を穿ってな、誰であるかの見分けもつかぬようになった。それゆえ、わしのやったことは誰にも知られずに済んだ。息子らは今でも、母親が病死したとおもうておる。ぬふふ、もしかしたら、妻を斬ったあのときから、わしは狂うてしまったのかもしれぬ」

「その日足具足、おぬしが賢崇寺から盗ませたのか」

「猪俣の悪童が勝手にやったことじゃ。あの阿呆は、別件でわしの配下に捕まった。わしはあやつの罪を不問にし、それと引換えに鍋島家ゆかりの日足具足を貰いうけた。ためしに纏ってみたらば、胸の奥底に渦巻く業のようなものが疼いてのう。夜な夜なこうして、暗闇を彷徨うようになったのじゃ」

「わざわざ、弱い者を選んで斬ったな」

「さよう。目のみえぬ座頭、鼻の欠けた浪人者、足の不自由な舟饅頭、痘痕面の願人坊主、わしは一見して何かが欠けた者たちを狙った。おぬしもそうじゃ。おぬしは妻の貞操を守るべく、おのれの右腕を断った。不届き者めが。武士にあるまじき行為じゃ。武士は何があろうとも、主命に従わねばならぬ。わしは認めぬぞ。なぜ、主君の面前で腹を切ってみせなんだ。利き腕を失ってまで生きたいと願う浅ましさが、わしにはとうてい許せぬ」

面頬の奥で、赤い目が光った。

「右腕を断ったとき、おぬしは武士を捨てたのじゃ。武士でもない者が、なぜ、堂々と刀を差しておる。さようなからだで、なぜ、生きながらえておる。どうあっても、おぬしには引導を渡さねばならぬ。わしはおぬしを呼びよせるために、子殺しを依頼した。数馬なぞ、撒き餌にすぎぬわ」

「許せぬ。引導を渡すのは、こっちのほうだ」

「くふふ、わしをどうやって斃すつもりじゃ。咽喉を狙うか。そうはいかぬぞ」

帯刀は、鉄の首輪を塡めた。

強靭なだけでなく、周到さも兼ねそなえている。籠手裏と股間についても、何らかの防護をほどこしているにちがいない。

「この遊び、おぬしを斬ったら仕舞いにしよう。ちと、人を斬りすぎたわい」

「ほざけ」

「まいるぞ。ぬはあ……っ」

帯刀は太刀を大上段に構え、猛然と斬りこんでくる。

これを横飛びに躱すと、すかさず、突きが襲ってきた。

動きは速い。老人が甲冑を纏っているとはおもえない。

八相から横薙ぎにされ、結之助はたまらずに抜刀した。

「ぬえい」

抜いたのは、刀ではない。

環の無い二尺足らずの錫杖だ。

「いやっ」

重い錫杖をぶんまわし、強烈に刃を弾いてみせる。

さすがの帯刀も、一歩二歩と後退した。

「ほう、鉄の錫杖か。膂力に任せて振るうつもりじゃろうが、所詮は子どもだましよ。まいるぞ。けえ……っ」

踏みこみも鋭く、中段から突きが伸びた。

咽喉を狙った必殺技、遠山である。

今だ。

心のなかで、誰かが叫んだ。

逝った者たちの声かもしれぬ。

結之助は錫杖を地に突きさし、懐中に手を入れた。

抜きだした指の隙間には、おふくに貰った二本の鉄火箸が挟んである。

「しゃっ」

二本同時に、投擲(とうてき)した。

火箸は煌めく筋を描き、瞬時に闇を裂く。

そして、面頰の狭間に光る双眸を貫いた。

「ぬえっ」

鮮血が散り、帯刀は仰けぞった。

目に刺さった鉄火箸を摑み、じゅぽっと引きぬいてみせる。

面頰は血に染まり、胴丸の胸や腹にも血が滴(したた)った。

「みえぬ。何もみえぬぞ」

結之助は地べたから錫杖を抜きとり、たたたと駆けた。

「はあっ」

右足で土を蹴りあげ、一間余りも跳躍する。

「逝けい」

兜の中央を狙って、強烈な一撃をくわえた。

「ぎゃっ」

その瞬間、錫杖の先端が撓ったやにみえた。
兜は桃のようにぱっくり割れ、深紅の面頬も外れた。
「不覚」
今際のひとことを遺し、化け物は大の字に倒れていった。
屍骸となった人物の顔を覗けば、白髪の瘦せた老人にすぎない。
結之助は屍骸のかたわらに、錫杖を突きたてた。
まるで、墓標のようだ。
環の代わりに、鈴を結びつけた。
――ちりん。
暗闇坂に響く鈴の音は、おちよへの鎮魂にほかならない。
とめどもなく溢れる涙を、結之助はどうすることもできなかった。

十五

暗闇坂に甲冑武者の屍骸が転がったとなれば、瓦版の恰好のネタになる。
ところが、翌日の瓦版に刷られたのは、浅草の小さな火事の話題だった。

筆頭目付による鬼畜のごとき所業は隠蔽され、桐谷帯刀の死は病死として扱われた。
数日後に桐谷家が改易の沙汰を受けた理由も、不行跡というあやふやなものだった。
腹も立たない。お上とは、そういうものだ。
物狂いの辻斬りがひとり、市中から消えた。
それでいい。
ひなた屋の中庭では、牡丹が散って芍薬が咲いた。
ひさしぶりの晴天である。
「萌葱の蚊帳あ」
表通りからは、蚊帳売りの声が聞こえてきた。
結之助は後ろ髪を引かれるおもいで、芳町の袋小路をあとにした。
辻斬りの件は解決したものの、ここに居ては何かと迷惑が掛かる。
しばらくは江戸を離れようと決心し、挨拶も無しに出てきたのだ。
が、空腹だけは如何ともし難い。
ふらふらと、杉ノ森稲荷のお救い小屋までやってきた。

葦簀（よしず）張りの薄汚い小屋のかたわらに、二重三重の人垣ができている。

「何かな」

足を向けてみる。

「さあ、お立ちあい。浅草奥山で人気の芥子之助だ。宙に抛った鎌で豆をまっぷたつに切る妙技だよ」

口上役に導かれ、高下駄を履いた痩せ浪人が登場した。

両手に徳利と鎌をぶらさげ、おどおどした物腰で客に礼をする。

失敗（しくじ）ると、誰もが予想した。

案の定、豆を抛り、徳利と鎌を投げても、豆は切れぬどころか、徳利も地に落ちて割れてしまう。

「下手くそ」

人垣の最前列で、小娘が大声を発した。

おせんだ。

「ひなげしのおっちゃんなら、ちょちょいのちょいさ」

誰かに、とんと背中を押された。

「ほら、おせんが呼んでいるぜ」

驚いて振りむけば、霜枯れの紋蔵がそこにいる。

「おめえ、挨拶も無しで消えんのか。そいつはあんまり、褒められた仕打ちじゃねえ。ほれ、出ていってやりな」

紋蔵に煽られ、人垣の前面に押しでていく。

「お、真打ちの登場だ」

と、馬医者の桂甚斎が叫んだ。

つられて、拍手がわきおこる。

「旦那、やっちゃってえ」

疳高い声で叫ぶのは、蔭間の京次であろう。

隣には、おふくも立っていた。

「おまえさんはまだ、一宿一飯の恩義に報いていないよ。どこにも行かせやしないからね」

おふくは両手を腰に当て、にっこり笑ってみせる。

「さあ、いいとこみせてくださいな」

並んでいるのは、見知った顔ばかりだ。

みな、期待に胸を膨らませ、頰を紅潮させている。

「さ、どうぞ」

さきほどの痩せ浪人が、高下駄を貸してくれた。

「ほら、商売道具だぜ」

口上役が戯けた調子で言い、徳利と鎌を差しだした。

ひょっとしたら、最初から仕組まれていたのだろうか。

こんな自分を引きとめるために、みなで細工をほどこしたのか。

いや、まさか、そんなことはあるまい。

「旦那、肝心のものを忘れちゃ困るぜ」

口上役から、豆をふたつ握らされた。

左手一本で徳利を抛り、すぐさま、ふたつの豆を抛り、さらには、鎌を抛って徳利を避けつつ、ふたつの豆を鎌でまっぷたつにするのだ。

神業であった。

おせんもみている。

あとには退けない。

結之助は高下駄を履き、人垣のまんなかに進みでた。

口上役が楽しげに、声を一段と張りあげる。

「さあて、とくとご覧じろ。こちらに登場いたしたるは、正真正銘の芥子之助。ご覧のとおり、左手のみで神業を披露いたしまする」

「わあい。ひなげしのおっちゃん」

結之助はおせんの声に頷くと、雲ひとつない蒼天に向かって、高々と豆を抛りなげた。

牛殺しの剣

一

杉ノ森稲荷は富場としても知られ、多い月ならば三日に一度は富籤興行がおこなわれる。一時の夢をみようと集まる人々をあてこみ、大勢の香具師や大道芸人が境内に繰りだす。ところが、芒種になってからは鬱陶しい雨つづきで、興行のおこなわれる気配はない。

結之助は番傘をさし、人影もまばらな参道を歩いてきた。

傘をたたんで賽銭箱に小銭を投じ、本殿に祈りを捧げる。

左手に念を込め、雪音のことを祈った。

元気で育っておりますように。

できることなら、いつか邂逅できますように。

望みの薄いこととは知りつつも、祈らずにはいられない。

妻に先立たれ、生まれたばかりの赤ん坊を育てる自信もなく、義母に言われるがままに娘を預けてしまった。あれから五年、捨てたのと同じではないかという罪の意識にさいなまれ、今でも眠れない夜を過ごすことがある。義母には「二度と逢ってくれるな」と、きっぱり告げられた。あのとき、強い意志さえあれば、義母の申し出を拒み、手許に置いて育てることもできたはずだ。

娘のためをおもっての決断ではなく、自分が楽になりたかっただけではないのか。

しがらみから解きはなたれ、気儘な独り暮らしを送りたかっただけではないのか。

女々しいほどに自問自答を繰りかえしては、雪音の幻影を追っている。

なにせ、赤ん坊の雪音しか知らなかった。

どんな娘に育っているのか、遠目からでも眺めてみたい。

無論、世の中には、願っても叶わないことはいくらでもある。

それでも、祈らずにはいられなかった。

いずれの日にか、邂逅できますように。

ふと、結之助は人の気配を察し、参道の脇に顔を向けた。

そこには杉の古木が聳（そび）えており、根っ子の隆起した木陰の片隅に白い十字の花が咲いていた。

「どくだみか」

薬効が優れているので十薬（じゅうやく）とも称されるどくだみの花を摘み、五つか六つの女童（めわらべ）が髪に挿そうとしている。

「ねえ、きれいでしょ」

女童の振りかえったさきには、母親らしき女が立っていた。

顔は窶（やつ）れ、みすぼらしい恰好をしているが、一見してそれとわかるほど腹が膨らんでいる。

「妊婦（はらみおんな）か」

臨月も近いとおもわれる母親は娘の手を引き、賽銭箱の手前までやってきた。

結之助に会釈をして通りすぎ、賽銭箱に小銭を投じてみせる。

「さあ、おたみ。おまえも祈るんだよ。赤ちゃんが無事に生まれますようにってね」

母娘は瞑(つむ)り、じっと拝みつづける。

結之助は祈りが済むのを待って、後ろから番傘をさしかけてやった。

「からだを冷やしてはならぬ。この傘を持っていきなさい」

「けっこうです」

母親は俯(うつむ)いたまま言い捨て、逃げるように去っていく。

手を引かれた娘が振りかえり、にっこり笑ってくれた。

結之助はぎこちなく笑いかえし、気を取りなおして歩きだす。

濡れた敷石を踏みしめ、鳥居の外へ出ると、うっすらと木の香が漂ってきた。

稲荷社の西隣は新材木町(しんざいもくちょう)で、材木商の店や材木置場があった。一丁ほど進み、どんつきの杉ノ森新道を右手に曲がれば、和国橋(わこくばし)の東詰(ひがしづめ)にたどりつく。橋を渡った向こうは魚河岸(うおがし)、北端は堀留(ほりどめ)だ。東詰の町角には、おせんの好きな和国餅を売る店があった。和国橋は餅からとった俗称で、正式名は万橋(よろずばし)というらしい。

橋のそばには、油障子に「万橋番屋」と書かれた自身番がある。霜枯れの紋蔵が屯(たむろ)している番屋で、隣には埃臭い十九文(じゅうくもん)店が佇んでいた。看板には「なんでもよりどり」と記され、塗り枕だの銀簪(ぎんかんざし)だの種々雑多な小間物類が一律三十八文で売られている。本来なら、三十八文店と呼ばねばならぬところだが、昔日の名残で十九文店と呼ぶのだ。

十九文店は紋蔵の持ち物で、店番を任されたおつねという梅干し婆が、いつもきまった場所にちょこんと座っている。おつねは、紋蔵の死に別れた女房の母親だった。おふくによれば、ずいぶんまえに流行病で逝った女房は、紋蔵が若い時分に捕まえた盗人の情婦であったという。

なるほど、紋蔵がふいにみせる悲しげな表情の理由がわかった。人にはそれぞれの事情がある。長く生きたぶんだけ悲しみも増えていく。悲しみを知る者は、他人の痛みも知ることができる。痛みを分かちあうことで、どうにか、生きながらえることができるのかもしれないと、結之助はおもう。

やがて、雨は本降りになってきた。

「しまったな」

母娘に傘を授けなかったことが、悔やまれてならない。おつね婆の皺顔でも伺おうとおもい、結之助は万橋をめざした。

突如、何かが崩れおちる音とともに、地響きが足許に伝わってきた。

「助けて、助けて」

救いを求める女のかぼそい声が聞こえる。

結之助は番傘を捨て、声のするほうへ駆けだした。

一本裏手にはいった奥の材木置場だ。

折りかさなった材木の真下から、声は聞こえてくる。

「だ、誰か……た、助けて」

材木の隙間から、下敷きになった女の白い右腕が出ている。

結之助は駆けより、左手一本で材木を押しあげようとした。

「くそっ」

びくともしない。

「おい、しっかりせい」

呼びかけても、白い腕はわずかに動くだけだ。

雷鳴が轟(とどろ)き、車軸を流すほどの雨が降ってきた。

家も道も雨の餌食(えじき)となり、助けを呼ぶ自分の声すら聞こえない。

端の材木を何本か取りのぞくと、隙間が少し広がった。

女の白い腕が、震えながら引っこむ。

「おい、どうした、おい」

呼びかけても返事はなく、しばらくすると、隙間から小さな手が二本突きだされた。

引っぱると、するっと抜ける。

助けだされたのは、杉ノ森稲荷で見掛けた女童だった。

気を失ってはいるものの、命に別状は無さそうだ。

結之助は女童を隣家の軒下に運びこみ、固く閉ざされた戸板を壊れるほどの勢いで敲いた。

「誰か、誰かおらぬか」

返答はない。

戸板を敲く音さえ、雨音に掻き消されていく。

娘を乾いた筵にくるみ、母親のもとへ駆けもどった。

白い腕は、妊婦のものにまちがいない。

そうおもうと、焦りは増した。

何としてでも、救ってやりたい。

が、いくら呼びかけても、母親からの返事はなかった。

結之助は疲れきり、泥濘と化した地べたに座りこんだ。

何気なしに、縄の結び目をみる。

材木の束を縛りつけておく縄だ。

あきらかに、刃物で切られた痕跡があった。

しかも、まだ新しい。

「ん」

疑念にとらわれた。

誰かが、わざと材木を倒したのかもしれない。

そこへ、孕(はら)んだ母親と娘が巻きこまれたのだ。

結之助は、重い腰をあげた。

悄然(しょうぜん)とした面持ちで、娘のもとに戻る。

「たしか、おたみといったな」

握った小さな指の隙間から、白い花弁がのぞいていた。

「どくだみか」

指をひらいてやると、花弁といっしょに水天宮(すいてんぐう)のお守りが落ちてきた。

お守りには、なぜか、一分金(いちぶきん)が挟まっている。

四角い一分金を摘みあげ、結之助は首を傾げた。

貧乏人にとっては大金だ。みすぼらしい風体(ふうてい)から推せば、母親が稼いだ金ではあるまい。

今にしておもえば、番傘を断った母親の様子はおかしかった。何かに脅えているようで、他人との関わりを避けたがっていた。

一分金のせいかもしれないと、結之助はおもった。

盗んだのか、それとも、誰かに握らされたのか。

一分金に見合うだけの何かをやらされたのではあるまいか。

それが母親の死と繋がっているような気がしてならない。

おたみなら、何かを知っているかもしれなかった。

額に手を当ててみると、火傷しそうなほど熱い。

「くそっ」

筵ごと小さなからだを抱きかかえ、結之助は雨中に飛びだした。

二

翌日の午後になっても、江戸の空は雨雲に閉ざされていた。

「やむことを忘れちまったのかねえ。困ったもんだよ、洗い物ひとつ干せやしない」

小言を口走るおふくの脇には蒲団が敷かれ、おたみが昏々と眠っている。

おせんは心配そうに寝顔を覗きこみ、額に置いた濡れ手拭いをこまめに換えたりしていた。

おたみは朝方にいちど目を醒まし、ひとこと「おっかさん」と発したきり、声を発することができなくなった。何か言いたそうにしていたのだが、喋ることができず、おふくが機転を利かせて半紙と細筆を渡しても、字を知らないので首を振るばかりだった。

「命拾いしたかわりに、声を無くしちまったんだよ、きっと」

おふくの言ったとおり、あまりの衝撃に声を失ったのだろう。

さきほどから、玄関口が何やら騒がしい。

おふくともども顔を出すと、蔭間の京次が見知らぬ男と口論していた。

「番太郎のくせして、でかい口たたくんじゃないよ」

「あんだと、この大釜め。尻の穴に初茄子でも突っこんでやろうか」

おふくが割ってはいる。

「ちょいと、あんたら。店先でやめとくれ。京次、どちらさんだい」

「どちらさんてほどのものじゃないさ。地廻りの手下だよ」

男は京次の顔を押しのけ、自分で名乗った。

「おれは筋違橋番屋の巳吉ってもんだ。みくびってもらっちゃ困る。ただの番太郎とはちがうぜ。神田は佐久間町界隈を仕切る伊平親分の子飼いでな、筋違橋の御門をお守りするお役人衆とも、つうかあの仲よ」

おふくは両手を腰に当て、ふうっと溜息を吐いた。

「前口上はいらないから、用件を言いな」

「ふん、評判どおり、食えねえ女将だぜ」

巳吉はぺっと土間に唾を吐き、背中から十手を引きぬいた。

「へへ、こいつは伊平親分から預かった十手さ。おれはよ、御用の筋で来たんだぜ。ぞんざいにあつかったら、承知しねえぞ」

京次は顔を曇らせたが、おふくは微動だにもしない。

「聞きたいことがあんなら、さっさと聞いとくれ」

「よし。昨日、すぐそこの材木置場で荷崩れがあったろう。材木置場の持ち主は、房州屋誠右衛門だ」

「ええ、存じあげておりますよ。房州屋のご主人はそりゃ面倒見の良いお方でしてね、うちからも、おさとっていう娘を下女奉公に出させてもらっています」

「へへ、そいつだ。おさとはどこにいる」

「風邪をこじらせて、奥で寝てますけど」

「いつから」

「今朝からですよ。房州屋さんに使いを出して、お休みを頂戴したところでね」

「なら、昨日は店にいたんだな」

「ええ」

「ふうん、怪しいな」

「何が怪しいんです」

「まあいい。おさとから、何か聞いたか」

「何かって」

「何だっていい。荷崩れがあったとき、どこにいたとか、不審な野郎を見掛けなかったかとか、そういったことさ」

「さあ、聞いておりませんけど。いったい、おまえさん、何が知りたいんだい」

「荷崩れのせいで、妊婦がひとり死んじまった。妊婦は五つか六つの娘を連れていたはずなんだが、娘のすがたがみあたらねえ。おれはよ、消えた娘を捜しているのさ」

おふくは、すっと片眉を吊りあげる。

「娘の名は」

「今んところは、わからねえ」

「どうして、娘を捜さなきゃならないのさ」

「そいつは言えねえな。ともかく、どっかで薄汚ねえ恰好の娘を見掛けたって噂を耳にしたら、まっさきに報せてくれや」

「承知しましたよ」

おふくは平静を装い、頷いてみせる。

巳吉は、ふんと鼻を鳴らした。

「女将、こいつはおれの心配することじゃねえが、おさとの奉公口を今からみつけといたほうがいいぜ」

「どうしてだい」

「わからねえのか。荷崩れで通行人が巻きぞえを食ったんだぜ。しかも、死んだのは妊婦だ」

房州屋誠右衛門は、過失の罪に問われる。

「今時分は、お縄にされているはずさ。小伝馬町の牢屋敷に放りこまれ、お沙汰を待つことになる。なあに、長くは掛からねえ。七日もすりゃ、お沙汰は下りるだろうぜ。知ってのとおり、妊婦を死なせた罪は重え。軽く済んでも遠島、下手すりゃ市中引きまわしのうえ打ち首獄門だろうな」

「えっ」

おふくは、ことばを失った。

そこまでは気がまわらなかったらしい。

「いいか、女将。消えた娘の噂を聞いたら、いの一番に報せるんだ。伊平親分にゃ、おっかねえ後ろ盾がついている。言うことを聞いたほうが身のためだぜ」

巳吉は脅しをかますと、十手を仕舞った。

そこへ。

襖がすっと開き、おせんが顔を出す。

「おっかさん。おたみちゃんが目を開けたよ」

「そうかい。今行くから待ってな」

おふくはぞんざいに応じ、後ろ手で襖を閉める。

巳吉は、険しい顔で吐きすてた。

「おたみってのは誰だ。女将、ちょいと邪魔するぜ」

草履を脱ぎ、上がり框に片足を掛ける。

刹那、丸太のような腕がにゅっと伸びた。

結之助である。

巳吉は襟首を摑まれ、天井に突きあげられた。

「うえっ……だ、誰だてめえ」

「誰でもいい。用が済んだら消えろ」

「は、放せ……くそっ、放しやがれ」

巳吉は宙に浮いた足をばたつかせる。

結之助が手を放すと、背中から土間に落ちた。

「痛っ……こ、こんにゃろ」

十手を抜きかけた巳吉の面前に、結之助は屈みこんだ。

何をするかとおもえば、義手を突きだし、左手でぐりっと肘を廻して抜きとった。

「ひっ」

糝粉細工の指先で鼻を撫でられ、巳吉は顎を震わせる。

「ひゃあああ」

何度も転びながら、這うように逃げていった。

「ふん、ざまあみろってんだ」

京次が戸口から顔を出し、得意満面の顔で叫んだ。

おふくは塩を掴み、裸足のまま土間に飛びおりる。

「ふん、あさって来やがれってんだ」

小気味よい啖呵を切り、力士のように塩を撒いてみせた。

三

端午の節句の翌日、銭湯では邪気払いの菖蒲湯を立てる。

芳町にも『亀の湯』という銭湯があった。

蔭間も通うので、地の者はおもしろがって「釜の湯」と呼ぶ。

いつもは空いているが、菖蒲湯の今日はさすがに混んでいた。

結之助はおふくに教わったとおり、番台の三方に祝儀のおひねりを置いた。

脱衣場で裸になり、糠袋ひとつ提げて洗い場に踏みこんでも、右腕が無いことを気に留める者もいない。たいていは見知った顔だったし、知らない相手でもさほど驚いた素振りはみせなかった。

誰しも何かしら欠けた部分を持っている。結之助の場合は、たまさかそれが右腕だったというだけのはなしで、腕の無い理由をいちいち詮索してもはじまらない。と、そうおもっているところが、裸同士のつきあいができる銭湯の良さでもあった。

結之助は背中を丸め、石榴口を潜った。

濛々と湯気が立ちこめ、湯に浸かっている人影が誰かもわからない。

手桶に汲んだ湯でまえを流し、熱湯に足先を突っこんだ。

熱いのを我慢しつつ、腿、腰、腹、胸と沈め、肩までしっかり浸かると、全身に心地よい痺れが走る。

「ふわあ」

おもわず、声が出た。

「いい湯だろう」

近くで聞き慣れた声がする。

霜枯れの紋蔵が菖蒲で胸や腹を叩きながら、漕ぐように近づいてくる。

「聞いたぜ。筋違橋の巳吉が顔を出したらしいな」

「ああ」

「ふん、小悪党め」

紋蔵は鼻を鳴らし、湯船の端に腰掛けた。

痩せた顔もからだも、茹で海老のように火照（ほて）っている。

「巳吉はそのむかし、十三の妹を使って、つつもたせをさせていやがった。それでも、尻尾は掴ませねえ。目端（めはし）の利く野郎でな、地廻（じまわ）りを束ねる伊平に取りいって番太郎の口を得た。今じゃ、伊平の足代わりよ」

「十三の妹はどうなった」

「二年前、流行病で逝った。可哀相にな」

紋蔵は菖蒲を抛り、声をひそめる。

「ところで、おたみっていう娘はどうしたい。まだ喋れねえのか」

「ああ」

「捜してんのは、巳吉だけじゃねえ。伊平は大勢の手下どもを四方に走らせ、消えた娘の行方を血眼（ちまなこ）になって捜しているって噂だ」

「どうして、年端（としは）もいかぬ娘を捜さねばならぬ」

「さあな。でもよ、せいぜい、みつからねえように気いつけな。おれの勘じゃ、荷崩れの一件にゃ裏がある。おめえさんの拾った娘が鍵を握っているかもしれねえ」

「なぜ、そうおもう」

「例の一分金だよ。水天宮のお守りに挟まってたやつさ。おめえさんの言ったとおり、孕んだ母親は誰かに金を握らされたにちげえねえ。母娘ともども、材木置場へ行くように仕向けられたのさ。母親が荷崩れに巻きこまれて死んだな、運が悪かったんじゃねえ」

最初（はな）から仕組まれていたのだと、紋蔵は筋書きを描いてみせる。

「生きのこった娘は、きっと何かを知っている。たとえば、母親に一分金を握らせた相手の顔とかな。そいつを喋らせたくねえ連中がいるってことだ」

結之助はざばっと湯からあがり、紋蔵の隣に腰掛けた。

「親分、憶測するのは勝手だが、あの娘には期待せぬほうがいい」

「そりゃそうだ。五つの娘に何か期待するってのが、どだい無理なはなしだかんな」

おたみに関していえば、あれこれ尋問して事の真相を究明するよりも、母親を失った痛手をやわらげてやることのほうが先決だった。

結之助は、ふいに話題を変えた。

「ひとつ、おもいだしたことがある。縄の結び目だ」

「え、何だそりゃ」

「材木を束ねる縄の結び目さ。刃物で切断されておった」

「おいおい、そいつは初耳だぜ。おれが調べたかぎりじゃ、縄で切られた痕なんざなかった。くそっ、小細工しやがったな」

「誰が」

「怪しいのは、伊平さ。あの野郎、神田川の向こうが縄張りのくせして、首を突っこんできやがった」

紋蔵は周囲に気を配り、声の調子を一段と落とす。

「伊平は評判のよくねえ男だ。二代目でな、先代は侠気のある地廻りの親分さんだったが、伊平のやつは甘やかされて育った。先代が死んで十手を継いでからは、お上の権威を笠に着て好き放題やってらあ。若え頃から金の匂いにゃ敏感でな、金になることだったら何だってやる。人殺しさえ厭わねえ悪党さ」

積年の恨みでもあるのか、紋蔵は唇を噛む。

「野郎に恨みはねえ。先代に少しばかり恩があってな。伊平があぁなっちまったのは、同業のおれらがしっかり意見できなかったせいだ。それをおもうと、世間さまに申し訳がたたねえ」

なるほど、自分を責めているのかと、結之助は察した。

「どっちにしろ、母娘を死なせようとしたんだ。伊平のさしがねかもしれねえな。わざと荷崩れを起こさせ、今度の一件、孕んだ母親のほうは死んだが、娘はどこかに消えちまった。やっぱり、おたみって娘は下手人に繋がる秘密を握っているにちげえねえ。まんがいち、娘の口から秘密が漏れたら困る。だから、やつらは血眼になって行方を捜しているんだ。きっと、そいつが大筋だぜ。くそっ、一分金が命の代償だったとしたら、ひどすぎる。あんまりじゃねえか」

それにしても、いったい何のために、荷崩れを起こして母娘を巻きぞえにする必要があったのだろうか。

「房州屋を潰すためさ。そのために、罪もねえ妊婦を死なせやがったんだ」

「恨みか」

「いいや、房州屋の旦那さまは、誰かに恨みを買うようなおひとじゃねえ」

柔和な性分で、いつも口許に笑みを絶やさず、奉公人の面倒見がよいことでも知られているという。

「まだ五十の手前だが、苦労人でな」

一介の行商から店を構えるまでになり、持ち前の才覚で商売をひろげていった。女房も娶らず、商い一筋で真面目にやってきた房州屋誠右衛門が他人の恨みを買うわけがないと、紋蔵は言いきる。

恨みでないとすれば、損得からであろうか。

「房州屋が潰れて得をするのは、誰だろうな」

「そいつはまず、商売敵の材木商じゃねえのか。でもよ、材木商なんざ、お江戸にごまんといやがる」

結之助は、立ちのぼる湯気を目で追った。

「親分、伊平の縄張りは、神田佐久間町の界隈だったな。佐久間町は神田の材木町と呼ばれているそうではないか」

「おっと、おめえさんの言うとおりだ。佐久間町にゃ、木曾屋藤兵衛っていう十組問屋の肝煎りがでんと構えていやがる。伊平とも関わりは深えはずだ」

木曾屋の依頼で地廻りの伊平が動いたとすれば、いちおうの筋は通る。

「木曾屋とは、どんな男だ」

「ふんぞりけえった布袋野郎さ。千代田の御城普請を任されるほどの大商人でな、この不景気で吉原の大見世を総仕舞いにできんのは、木曾屋くれえのもんだろう。普請奉行を接待漬けにして大口の普請を独りじめにし、がっぽがっぽ儲けていやがるのさ。僻み根性で言うわけじゃねえが、そんな野郎が善人のはずはねえ」

紋蔵は我を忘れ、怒鳴り声を張りあげた。

その途端、湯船の端から叱責の声が飛んだ。

「うるせえ、静かにできねえんなら出ていきやがれ」

声の主は坊主頭の隠居だ。

紋蔵も負けてはいない。

「ふん、蛸坊主め。ぽっくり逝っても知らねえぞ。萎びた茄子の面倒なんざ、みてやらねえかんな」

威勢よく言い返しておいて、声を落とす。

「でもよ、木曾屋にしてみりゃ、房州屋なんざ鼻糞みてえなもんだぜ。潰れて得をするかどうかってはなしになりゃ、ちょいと首を傾げるしかねえ。木曾屋ってのは、ちがうかもな」

あるいは、損得とは別の理由があったのかもしれない。

結之助は、番太郎の巳吉が漏らした台詞をおもいだした。

「親分、地廻りの伊平には後ろ盾がいるらしいな」

「ああ、いる。何人もな。廻り方の旦那衆だよ。伊平が袖の下を渡してねえ旦那がいたら、顔を拝みてえくれえさ。目を瞑れば、あの顔もこの顔も浮かんでくらあ」

「なるほど」

「でもよ、巳吉がそんなふうに口走った以上、町奉行所の役人もこの一件に嚙んでるって考えたほうがいいな。そうなると、厄介だぜ」

紋蔵は音もなく湯船に浸かり、むっつり押し黙った。

四

梅雨の晴れ間となった翌日の午後、結之助は神田八ツ小路の手前にある佐柄木町に向かった。研ぎにだしていた新しい刀を受けとりにいったのだ。

刀は御徒町の古道具屋でみつけた掘りだし物、二尺二寸と寸足らずだが、重ねの厚い逸品だった。

贋作にまちがいない三尺の無銘正宗を薦められたとき、なぜか、古道具の端に積まれた鈍刀の山に目が吸いよせられた。そのなかから、無骨な肥後拵の黒鞘を拾いあげ、手にしっくりきた立鼓の柄を握って抜刀すると、乱刃の本身があらわれた。

目釘を抜き、錆びた茎を調べてみれば「正」という銘が辛うじて読めた。肉厚の鍔の表には野晒しの髑髏が彫られ、裏には「南無妙法蓮華経」という髭題目が肉彫りされてある。

「こ、これは」

まちがいないと、直感した。

銘の主は加藤清正に庇護された上野介正国、名匠の手で打たれた刀は同田貫にほかならない。

鉄屑の山から宝物を掘りあてた気分だったが、店主には黙っておいた。

二束三文で同田貫を手に入れ、刀に見合った妻手差用の鞘を作り、熟練の研ぎ師を選んで研ぎに出し、ようやくできあがったところなのだ。

佐柄木町は研ぎ師の多く住む町で、青物市場の賑わいが身近に感じられた。

緊張した面持ちで訪ねてみると、鈍刀のなかに埋もれていたはずの刀が、みちがえるような輝きを放っている。

「正真正銘の同田貫でやすよ」

研ぎ師も自慢げに胸を張った。

「鋼（はがね）の強靭さは保証しやす。片手打ちにゃ、これっきゃねえ」

厚重ねの同田貫を差すと、ぐっと腰が据わった気分になった。

侍とはそういうものだ。やはり、腰に刀がないと落ちつかない。

意気揚々と表通りへ出ると、葦簀（よしず）張りの古着屋が目立つ八ツ小路の向こうに、筋違橋御門がみえた。

ぶらりと、足を向ける。

昼夜開けっ放しの門を抜け、滔々（とうとう）と流れる神田川を眼下に置きつつ橋を渡れば、食べ物屋や雑貨店の並ぶ広小路があった。左手は湯島（ゆしま）、右手は神田佐久間町、正面の花房町（はなぶさちょう）は蔭間茶屋などもある色街で、花房町の脇から下谷御成（したやおなり）街道を北に進めば、上野（うえの）の寛永寺（かんえいじ）にたどりつく。

結之助は花房町まで歩をすすめ、くるっと振りかえった。

橋に向かって左脇に、自身番がでんと構えている。

橋番も兼ねているので、通常よりも大きい。そのせいか、人の出入りも多く、黒羽織の同心などもよく顔をみせるところらしかった。

何気なく観察していると、墨字で「筋違橋番屋」と書かれた油障子が開き、番太郎の巳吉が顔をみせた。

そのあとにあらわれたのは、蟹のような体型をした悪相の四十男だ。

巳吉がしきりに恐縮しているところから推すと、伊平にちがいない。

顎を突きだして反っくりかえり、道のまんなかを蟹股で闊歩する。

紋蔵の言ったとおり、鼻持ちならない男のようだ。

手下を何人か引きつれ、佐久間町のほうへ向かっていく。

そのあいだにも、辻の狭間から別の手下どもが集まってきた。

通行人は路傍にかしこまり、伊平たちが通りすぎるのを待っている。

追うつもりはない。何となく、顔を拝んでおこうとおもっただけだ。

結之助は番屋の脇を擦りぬけ、足早に橋を渡った。

芳町のひなた屋へ戻ると、開口一番、おふくに雷を落とされた。

「どこをほっつき歩いていたのさ。おまえさんが居ない間にね、おたみが消えちまったんだよ」

「なに」

おふくがちょっと目をはなした隙だった。

「今ね、みんなで手分けして捜してんのさ」

結之助は媚茶の袖をひるがえし、玄関口へ向かった。

「やい、唐変木、行き先のあてでもあんのかい」

おふくの声を背中で聞き流し、露地裏を風のように突っきる。

足を向けたさきは、材木商が軒を並べる新材木町の一画だった。

おたみはきっと、母親と死に別れた場所へ行きたくなったにちがいない。

結之助は不吉な予感を抱えながら、杉ノ森新道を進んでいった。

表通りに佇む房州屋の玄関口は板戸で閉ざされ、二本の丸太で×印に括ってある。

脇道から裏手にまわると、材木の積まれてあったはずの場所は、きれいに片付けられていた。

狭い道には光がほとんど射さず、どんよりとしている。

はたして、荷崩れのあったあたりに、五つの娘がぽつねんと佇んでいた。

「おたみ、おい」

名を呼ぶと、小さな顔が振りかえる。

目に涙はない。何かに脅えた表情だ。

結之助は走りかけ、つんのめるように足を止めた。

横合いの暗がりから白刃がすっと伸び、行く手を遮ったのだ。

「うっ」

「妻手差か、めずらしいな」

物陰から、野太い声が響いてくる。

白刃が引っこみ、臼のような体格の大男があらわれた。

黒羽織に小銀杏髷、風体を眺めれば、廻り方の同心であることはすぐにわかる。

「おれは黒木弥五郎、北町奉行所のもんだ。そっちの名は」

「朝比奈結之助」

「このあたりじゃ見掛けねえ面だな。飯はお救い小屋の施しもの、ねぐらは場末の木賃宿じゃねえのか」

「芳町の口入屋で世話になっている」

「ふん。蔭間の巣窟なら、隅から隅まで知っているぜ。口入屋の名は」

「ひなた屋」

「気の強え女将のところか。待てよ、そう言えば、ひなた屋が隻腕の用心棒を雇ったって噂を聞いたぜ。そいつは、おめえのことかい」

黒木は一歩後じさり、結之助の蒼白い右腕を睨みつける。

「なるほど、右手は糝粉細工か。だから、妻手差なんだな」

結之助は黒木を無視し、おたみのもとへ向かおうとした。

「おっと、勝手にゃ行かせねえぜ」

「退いてくれ。あそこにいるのは、わしの娘だ」

「なに、娘だと」

「いかにも」

結之助は、一か八かの賭けに出た。

「娘とは、杉ノ森稲荷の参道ではぐれたのさ」

「嘘を吐くな」

「嘘ではない」

「ならば、おぬしの娘だという証拠をみせろ」

「本人に聞いてくれ」

「よし」

黒木は刀を納め、大股で進み、おたみのそばに近づいた。

「おい」

五つの娘を高みから見下ろし、鬼のような顔で糺す。

「ここで何をしておる」

おたみは肩をすぼめ、首を左右に振った。

懸命に喋ろうとするのだが、ことばが出てこない。

「わしが恐いのか。それとも、ことばを忘れちまったのか。よし、こっちの聞いたことに頷いてみろ。おめえのおっかあは、ここで死んだんじゃねえのか」

おたみは、きゅっと口を結んだ。

泣きだすかとおもえば、意志の籠もった目で黒木を睨みつける。

結之助は、空唾を呑みこんだ。

いざとなれば、同田貫を抜くしかない。

頼む、おたみ。

この場を上手に切りぬけてくれたら、簪でも何でも好きなものを買ってやる。

心の叫びが聞こえたかのように、おたみは黒木の小脇を擦りぬけ、栗鼠のように駆けてきた。

結之助の胸に飛びこみ、首に両手を巻きつけ、離れようともしない。

「よしよし。花簪でも買ってやろう」

頭を撫でてやると、おたみは嬉しそうに頷いた。

傍から眺めれば、ほんとうの父娘にしかみえない。

「ちっ」

黒木は舌打ちをかまし、ごつい顎を撫でまわす。

「朝比奈結之助、てめえの人相はおぼえたぜ」

捨て台詞を残し、抜け裏のほうへ去っていく。

ひょっとしたら、あやつ、伊平の後ろ盾か。

何ひとつ根拠はないが、虎の尾を踏んだのかもしれないとおもった。

五

夏至も過ぎ、濠の汀に花菖蒲が咲きはじめたころ、房州屋誠右衛門に厳しい沙汰が下された。

――市中引きまわしのうえ、打ち首獄門。

過失にしては過酷すぎる罰だが、やはり、妊婦を巻きぞえにしてしまったことが大きかったらしい。

誠右衛門の誠実な人となりを知る者たちはみな、妊婦に同情しつつも、情状酌量を願っていた。それもかなわず、引きまわしの朝を迎えた。

高札場のある日本橋の南詰から広小路を通って江戸橋まで、三丁程度の短いあいだを馬に乗せ、あるいは、馬が無理なら畚に乗せ、衆人の目に晒して恥辱を与えるべく、わざわざ罪人を引きまわすのである。

丑ノ刻から降りはじめた雨が、沿道を埋める人々を濡らしていた。

遊山気分の者もなかにはいるものの、多くは誠右衛門が極楽浄土へ導かれるようにと祈りを捧げている。

人垣のなかには、結之助とおふくのすがたもあった。

おふくのかたわらで必死に拝んでいるのは、房州屋に下女奉公をしていたおさとである。歳はまだ十四、里芋のような顔をした田舎娘は故郷の上州で双親を亡くし、山女衒に連れられて江戸へ出てきた。岡場所の女郎屋に売られるところを、縁あって、おふくが引きとったのだ。

はじめて出した奉公先が房州屋で、丸三年も世話になった。

おさとにしてみれば誠右衛門は父親代わり、このたびの厳しい沙汰は理不尽以外のなにものでもない。できることなら、自分が身代わりになりたいとまで、おもいつめていた。

「おさと、しっかりおし」

母親代わりのおふくは、おさとの手を握ってはなさない。

「旦那さまをしっかり、見送ってあげるんだよ」

「はい」

おさとの目は、涙に濡れていた。

蔭間の京次が、隣で貰い泣きしている。

「お、来たぜ」

馬医者の甚斎が、広小路の向こうを指差した。

罪人を伴った一団が、雨に打たれながらやってくる。

陣容は見届役の同心がふたり、捨て札を掲げた小者を先導役にして、手下はぜんぶで七人だ。

誠右衛門は馬でも畚(もっこ)でもなく、裸足のまま徒歩でやってきた。

くすんだ鼠色の麻衣に身を包み、後ろ手に縛られながらも堂々と胸を張り、正面をしっかり見据えている。

月代も髭も伸びているが、風貌は凜々しい。

死ぬ覚悟をきめた古武士のような面構えだ。

目元にだけは、穏やかな笑みを湛えている。

「まるで、仏のようだ」

見物人はみな、胸を締めつけられた。

沿道はしんと静まりかえり、啜り泣きしか聞こえてこない。

突如、おさとが叫んだ。

「旦那さま」

制止するおふくの手を振りきり、通りのまんなかに躍りだす。

六尺棒を握った手下が阻もうとしても、どこにそんな力があるのか、押し倒すほどの勢いで罪人に近づこうとする。

「旦那さま、旦那さま」

おさとは手下三人に壁をつくられ、途方に暮れながら泣き叫んだ。

誠右衛門は首を捻り、うんうんと労るように肯いてみせる。

おさとよ、わしのぶんも生きぬけ。

死にゆく者のことばが、結之助には聞こえたような気がした。

裸一貫からたたきあげた苦労人は、謂(い)われなき罪をきせられ、刑場の露と消えていく。

さぞや、口惜しかろう。

しかし、どうすることもできない。

虚しい風が胸の隙間を吹きぬける。

霧のような雨のなか、誠右衛門は引かれていった。

沿道は嗚咽(おえつ)に包まれ、おさとはぺたりと座りこむ。

おふくが手を伸ばすと、ようやく自分を取りもどしたようだった。

肩を抱かれ、みなのもとへ戻ってくる。

ふと、結之助は殺気を感じた。

振りかえってみれば、大きな背中がちょうど四つ辻を曲がるところだ。

「黒木弥五郎か」

自然と、足が動いた。

紋蔵によれば、黒木は船や荷車に積まれた積荷の嵩(かさ)を監視する高積(たかづみ)見廻同心だという。材木は荷船で運ぶので、材木商との関わりは深い。ああだこうだと言いがかりを付け、袖の下を搾(しぼ)りとるくらいのことは平気でやってのけるだろう。当然のごとく、木曾屋とも繋がっている公算は大きかった。

「牛め」

結之助は、紋蔵の言った台詞をおもいだした。

「黒木弥五郎はな、北町奉行所の牛と呼ばれているんだぜ。あのとおり、みるからに牛みてえだが、綽名の由来は別にある」

黒木は、円明流の遣い手なのだという。

円明流といえば二刀流、上段に高く掲げた大小が牛の角に似ているところから、付けられた綽名らしい。

「底のみえねえ御仁さ。でもな、北町奉行所で一、二を争う手練だってことは確かだぜ」

厄介な名を聞いてしまったとでも言いたげに、紋蔵は顔を曇らせた。

黒木は江戸橋を渡り、堀留に沿って足早に歩き、伊勢町や本石町の裏通りを縫うように進んだ。

途中、質屋や両替屋に立ち寄っては小金をせびり、岡場所に踏みこんでは女郎の抱え主から袖の下を巻きあげる。喧嘩や騒ぎがあっても仲裁にはいらず、気づいてみれば八ツ小路を突っきり、筋違橋御門まで足を延ばしていた。

門番と談笑し、のんびり橋を渡って、巳吉が番をする自身番に消えていく。

小走りで近づいてみると、なかば開け放たれた油障子の向こうから、さも愉快そうな笑い声が漏れてきた。

どうやら、伊平の手下も屯(たむろ)しているらしい。

無残にも処刑される者の陰で、高笑いしている連中もいる。

どうにも抑えがたい憤りが、腹の底から迫(せ)りあがってきた。

それでも、結之助は決心しかねている。

この一件に首を突っこむべきかどうか。

敢(あ)えて、火中の栗を拾うようなものではないのか。

しかし、母親を失ったおたみの悲しみをおもえば、放っておくのも忍びなかった。

腰には同田貫がある。

どうにかして、恨みを晴らしてやりたい。のうのうと生きている悪党どもを一刀両断にしてやりたいと、結之助は強くおもった。

六

おつね婆は未だ明け初めぬうちから起きだし、がらくたの並んだ店の勝手口から外へ出ると、万橋の橋桁まで土手を降り、夜露に濡れた紫陽花などを眺めながら、堀川の汀に沿って歩きだした。

五年前に病気を患ったとき、紋蔵から「少し歩いたほうが薬になる」と薦められ、朝の散歩をはじめた。

道筋はいつも同じだ。堀留を廻り、魚河岸の競りを横目にしつつ、万橋の西詰を通りすぎる。さらに、照降町のさきまで歩いて親父橋を渡り、芳町の蔭間横町から芝居町を突っきり、店まで戻ってくる。そうやって堀留の外周をぐるりと散策するのが、雨の日も雪の日も欠かさずにおこなっている日課だった。

ふと、いとけない女童の顔をおもいだす。

隻腕の用心棒が連れてきた五つの娘だ。

「おたみといったか。可愛らしい娘じゃった」

目を細め、あんな孫娘がおったらなあと、あきらめ半分にこぼす。

おたみは、流行病で逝った自分の娘の幼いころに生き写しだった。

それもあって、売り物ではない高価な花簪を十九文で売ったのだ。

それでも、惜しくはない。

若い時分、遊び人の夫に捨てられ、残された娘を育てるために春を売った。

やがて、成人した娘も生きるために春を売るようになり、力士くずれの通り者とくっついてしまった。命じられるがままに、つつもたせの片棒を担がされ、数年後、通り者の情夫は捕まった。縄を掛けた岡っ引きが紋蔵だった。情夫は牢死し、娘は紋蔵と理無い仲になった。ようやく人並みの幸福を摑んでくれたと喜んだ矢先、娘は流行病に罹って逝ったのである。

娘に死なれたときは、からだの一部をもぎとられたような気分だった。

生きる気力を無くし、大川に身を投げようとおもった。

紋蔵はそのとき、自暴自棄になった自分を救ってくれた。

娘が死ねば赤の他人。と、そうおもっていた男が、死んではだめだと必死に励ましてくれた。おまけに、十九文店の商いまで世話してもらったのだ。

生きていてよかったとおもう。

生きてさえいれば、すばらしいことにも出逢える。

季節ごとに咲く花を愛でることもできるし、突き富に小銭を賭ける楽しみだってあるのだ。

紋蔵の情けに感謝しながら、どうにか生きながらえてきた。

もちろん、娘を失った虚しさは埋めようもない。

闇の深い夜などは、どうしようもない淋しさを感じるときもある。

せめて、孫でもいてくれたらと、そうおもうことは一度や二度ではない。

でも、くよくよ悩んでも仕方ないのだ。

おつね婆は溜息を吐きながら、よちよち歩を進めた。

妙な予感が過ぎり、堀留の一隅をみやれば、何か白いものが浮かんでいる。

「魚かのう」

目が悪いので近づいてみると、生臭い。

「やっぱり、そうじゃろうか」

河岸で捨てられた鰹か鮪かもしれぬとおもい、さらに近づいてみて、おつねはぎょっとした。

曲がった背中がしゃんと伸び、駆けだそうとして転ぶ。

土手の斜面を這うように上り、掠れ声を張りあげた。

「死人じゃ、死人が浮かんでおるぞ」

誰ひとり、応じる者はいない。

「紋蔵、紋蔵」

大口を開けた闇に向かって、おつね婆は叫びつづけた。

七

殺された男の素姓がわかった。

神田花房町の『柳亭（やなぎてい）』なる料理茶屋の番頭らしい。名は三代治（みよじ）、歳は後厄の四十三、古株の奉公人で、湯島の裏長屋に妻とふたりの子があった。

結之助はまず、花房町という町名に引っかかった。

花房町からは、筋違橋の番屋がみえる。荒っぽい連中を束ねる伊平の人相を拝もうとおもい、つい先日足を延ばしたばかりのところだ。

ひょっとしたら、荷崩れの一件に関わりがあるのではないか。

不審を抱いたのは、結之助ばかりではない。

「行ってみっか」

同じような感覚にとらわれた紋蔵に誘われ、ふたりで筋違橋御門に向かう道すがら、結之助は殺められた屍骸の様子を聞いた。

「袈裟懸けに斬られていたが、そっちの傷は浅え。致命傷は左胸の刺し傷でな。そいつが心ノ臓を突きぬけ、背中まで達していやがった」

「妙だな」

「何で」

遣り口を想像するに、一太刀目は相手の左肩から右腰に斬りさげる袈裟懸け、二太刀目は左胸への刺突という順になる。だが、実際にやってみるのは難しい。袈裟懸けに斬られた相手はたいてい、前のめりになる。心ノ臓を庇う恰好になるので、二太刀目を構えなおして突くのは難しいのだ。

「でもよ、金瘡は嘘を吐かねえぜ」

紋蔵の言うとおりだ。

ひとつだけ、容易にできそうな手が浮かんだ。

袈裟懸けと刺突を、ほぼ同時におこなう手法である。

「そんなことができんのけえ」

「できる。二刀流なら」

左手に握った小刀で向かいくる刀を斬りはらい、すかさず、右手に握った大刀で留めを刺す。

結之助の脳裏には、牛のような大男の輪郭が浮かんでいた。

「げっ、おめえ、まさか、あの御仁のことを疑ってんのかい」

「ああ、そうだ。円明流を使う黒木弥五郎ならできるかもしれぬ」

「そいつは聞き捨てならねえぞ。同心が人斬りをやったとなりゃ、お上の沽券にも関わってくる」

「肝心なのは、番頭が斬られた理由だな」

「それさえわかりゃ、はなしの筋がみえてくらあ」

ふたりは筋違橋を渡り、淫靡な雰囲気の漂う花房町に踏みこんだ。

伊平の息が掛かっている界隈だけに、十手持ちの紋蔵といえども、おおっぴらには動けない。

「でもよ、この一件は放っちゃおけねえんだ」

みずからを鼓舞するかのように、紋蔵は声を震わせた。

死体をみつけたのがおつね婆だったこともあるし、魚河岸に繋がる神聖な堀留を汚された怒りも燻（くすぶ）っている。

「よう、ひなげしの。おめえを誘ったな、正直、ひとりじゃ心細いからよ。何かあったら、助けてもらおうとおもってな」

紋蔵に誘われずとも、足を運んでいたはずだ。

結之助は振りかえり、筋違橋の番屋を睨みつけた。

どうやら、伊平の手下どもは出払っているようだ。

裏道にまわり、食通にも名の知られた柳亭を訪ねてみる。

建物らしきものはあったが、後ろ半分は解体されており、しかも、放置されたままだった。

「妙だぜ」

大工らしき親爺が地べたに座り、不味（まず）そうに煙管（キセル）を喫っている。

紋蔵は爪先を向け、気軽に声を掛けた。

「ちょいと、すまねえ。ここは柳亭かい」

「そうだよ」

「このありさまはいったい、どうしちまったんだい」

「どうしたもこうしたもねえ。元請けの材木屋が潰れちまってな、新しい元請けがきまるまで、身動きがとれねえのさ」

「潰れた材木屋ってのは」

「新材木町の房州屋よ。旦那は、こねえだ打ち首になった御仁さ。お上のやることったから文句も言えねえが、こちとら大迷惑だぜ」

柳亭の女将は見世を拡げるべく、大掛かりな建て替えをおこなう腹だった。ところが、建物を解体している途中、全体の仕切りを任されていた房州屋が潰れたのだ。

「なにせ、木曾屋さんの縄張りだかんな。柳亭の女将さんと木曾屋の旦那は、誰もが知る深え仲だった。あるとき、正妻にするのしねえので大喧嘩をやらかしたらしい。あげくのはてに、女将さんが尻を捲っちめえやがった」

柳亭の建て替えを木曾屋に頼まず、ほかの材木商に打診したのだ。

木曾屋は十組問屋の肝煎りだけに、逆らったら莫迦をみるのはわかりきっていた。いくら金を積まれても、建て替えを請け負えば木曾屋の顔を潰すことにもなりかねないので、なかなか手を挙げる者はいなかった。

そうしたなか、女将の懇願に折れたのが、新興の房州屋だった。

十組問屋に加わっていないので、そもそも、木曾屋の顔色を窺う必要はない。

裸一貫からはじめた房州屋誠右衛門には、遣り甲斐のある仕事なら何でも請け負ってやろうという恐いもの知らずのところがあった。

房州屋が元請けにきまると、請け手はいないと高をくっていた木曾屋藤兵衛は烈火のごとく怒りあげた。

「出る杭は打たずばなるまい」

取りまきに向かって、そう吐いたという。

結之助と紋蔵はおもわず、顔を見合わせた。

木曾屋は柳亭の一件で、房州屋を恨んでいた。

それこそが、荷崩れを企てた理由にちがいない。

柳亭の女将は、名をおふじといった。

深川一色町（いっしきちょう）の置屋に身を寄せていると聞き、結之助と紋蔵は花房町を離れた。

八

柳亭の女将が身を寄せる置屋は『羽衣（はごろも）』といい、堀川に囲まれた一色町の狭苦しい露地裏にあった。

さっそく訪ねてみると、でっぷりした女将にじろっと睨まれた。

が、こうした手合いの扱いなら、紋蔵はお手のものだ。

上がり端よりも腰を低くし、皺顔をくしゃっとさせて笑う。

「女将さんかい。色っぽいねえ。一色町の片隅に置いとくなあ、もったいねえぜ」

世辞とわかっていながらも、言われたほうは悪い気がしない。

女将は肩の力を抜き、長煙管を喫(ふ)かしはじめた。

「何の用だい」

「おっと、そのめえに、女将さんの名を教えてくれ」

「おきょうだよ。ふん、どうせ、活けづくりの鮪(まぐろ)くらいにしかおもっていないんだろうさ」

「そんなことはねえ。おめえさんは脂の乗った戻り鰹さ。刺身にしてもよし、ちょいと炙ってたたきにしてもよし。相伴(しょうばん)に与(あずか)りてえもんだぜ」

「喜んでいいのかどうか、ちょいと迷うところだけど、おまえさんは悪人じゃなさそうだね。でも、そっちの玄関先にぼけっと立っている木偶(でく)の坊(ぼう)が気に掛かる。辛気(しんき)臭い面しやがって」

「おきょう姐さん。こちらは知る人ぞ知る揉み師の大先生でな、肩凝りや腰痛をたちどころに治しちまうのさ」

「揉み師ねえ」

「よかったら、やってもらうといい。凝ってんだろう」

「かちかち山だよ」

紋蔵に指示され、結之助は渋々ながらも雪駄を脱いだ。

「さあ、やっとくれ」

おきょうは長火鉢の向こうでふんぞりかえり、肩を覆った浴衣を外す。

結之助は黙って背後にまわり、膝立ちになって身構えた。

左手と左肘を使い、肉の詰まった女の肩を揉みはじめる。

おきょうは鼻の穴をおっぴろげ、眸子をとろんとさせた。

「ふわあ、気持ちいい。極楽だよ」

「そうだろうぜ」

予想外の反応に、紋蔵も驚いた。

が、冷静を装い、用件を切りだす。

「揉み賃を払えなんぞと、けちなことは言わねえ。姐さん、じつはな、柳亭の女将に聞きてえことがあるんだ」

「おふじにかい。何を聞きたいのさ」

「三代治って番頭がいたろう。そいつのことだよ」

「三代治がどうしたって」

「死んだのさ。誰かに斬られてな」

「何だって」

おきょうは結之助の手を払いのけ、紋蔵を睨みつけた。

「驚いたかい。三代治はな、魚河岸の堀留に浮かんだのよ。まるで、頭陀袋みてえだったぜ」

「殺めたのは、いったい誰なのさ」

「そいつを捜しているんだ」

「あんた、伊平の手下かい」

「とんでもねえ。あんな野郎といっしょにしてほしくねえな。おれは紋蔵ってもんだ。魚河岸辺を縄張りにしている御用聞きさ」

「だったら、木曾屋とも繋がっていないんだね」

「あたりめえだろ」

おきょうはほっと溜息を吐き、忙しげに煙管を喫いだす。

「おふじは血の繋がった妹でね、あの娘をいじめようとするやつは、誰であろうと許さないからね」

「なるほど。それで、木曾屋への恨みも深えのか。女将さん、心配することはねえ。おれたちは味方だ。さあ、妹を呼んでくれ。おめえさんはそこに寝そべって、こんどは腰を揉んでもらいな。へへ、何度でも極楽へ行けるぜ」

「あら、そうなのかい」

淫らな目でみつめられ、結之助はそっぽを向く。

こうなれば、左手が痺れて動かなくなるまで、揉みつづけねばなるまい。

やがて、おふじが奥から顔を出した。

細面の艶っぽい三十路年増だ。姉とは似ても似つかぬ美人である。

木曾屋が惚れるのも無理はねえなと、紋蔵が目顔で合図を送ってきた。

「おふじ、こちらの親分さんは魚河岸から来なすったんだ。木曾屋とも伊平とも関わりはないから、安心おし」

「わかっているよ、姉さん。襖の向こうで聞いちまったから」

「そうかい。だったら、三代治のことも聞いたんだね」

「うん。姉さんにも言ったけど、あいつは帳場のお金をくすねて、何日もまえから行方知れずになっていた。博打にのめりこんでいたようだから、おおかた、その筋の連中にでも殺められたんだろうさ」

「女房と子供の面倒は、おまえがみてやっているんだよね」

「成り行きだから仕方ないさ。それにしても、何であんなやつを番頭に雇っちまったんだろう。姉さん、三代治には情婦がいたんだよ」

「おや、そいつは初耳だね」

「名はおゆう、湯島の岡場所で身を売っていた二十七の女でね、わたしゃ三代治と別れさせるために、わざわざ出向いていったんだよ。三代治はそのとき、おゆうとは別れると約束してくれた。だから、わたしが手切金まで貸してやったんだ。ところが、三代治は約束を破って、おゆうを秘かに身請けしちまったのさ」

　それが五年前のはなしだった。おふじは五年ものあいだ、おゆうが三代治に囲われていたことに気づかなかったという。

「しかも、子までつくってね。わたしがそれと気づいたのは、つい先だってのはなし。粗末な妾宅を訪ねてみたら、おゆうは二人目の子を孕んでいた。でもね、こっちにゃ本妻と子がふたりいるんだ。わたしは筋を通さなきゃいけないって、三代治に懇々と説教してやったのさ。おゆうときっぱり別れることができなきゃ、柳亭から出ていってもらうと啖呵を切った。その翌日、あいつは帳場の金を盗んで、行方知れずになったのさ」

おふじの語る内容に、紋蔵と結之助はじっと耳をかたむけつづけた。

おきょうは結之助に腰を揉まれて、恍惚となりながら聞いている。

はなしが途切れたのをみはからい、紋蔵が鋭い問いを投げかけた。

「おふじさん、おゆうって女は妊婦だったのかい」

「そうですよ」

「すでにある子ってのは、ひょっとして娘だろうか」

「五つのいとけない娘でね、幼い顔をみていると、三代治と別れさせるのが忍びなくってねえ」

「念のために、娘の名を聞いとこう」

「おたみですよ。それが何か」

おふじとおきょうは、三代治の死と荷崩れの一件を結びつけていない。だが、結之助と紋蔵のなかでは、ふたつの凶事が一本の糸ではっきりと結ばれていた。

材木の束を結んだ縄は、三代治の手で切断されたのかもしれない。

三代治は誰かにそそのかされ、身籠もった妻と幼い娘を犠牲にしようとした。

おおかた、博打の借金で首がまわらなくなっていたのだろう。借金をちゃらにすると持ちかけられ、人間の道を外れた。我が身可愛さのために、情婦と娘を亡き者にしようとしたのだ。

そのような身勝手は、けっして許されるものではない。

が、三代治は消されてしまった。

おそらく、口封じのためであろう。

裏に控える悪党どもの顔が、はっきりと炙りだされてくる。

「木曾屋め」

と、紋蔵が吐きすてた。

もはや、確かめる必要もなかろう。

木曾屋はどのような手を使ってでも、房州屋を潰したかった。

そこで、相談を受けた伊平は荷崩れを画策したのだ。しかも、妊婦を巻きぞえにすることで、房州屋が重い罪から免れないようにし、高積見廻りの黒木弥五郎も仲間に引きこんだ。あるいは、荷崩れの一件は、黒木の案だったのかもしれない。高積見廻りという役柄から推せば、容易に考えつきそうなことだ。

いずれにしろ、背景に黒い意図が蠢いているのは確実だ。

ことに、権力を笠に着て身勝手なことをする手合いは許せない。

おきょうの腰を揉む手に力がはいった。

「ぬえっ、死んじまうよう」

ずんどうの鮪が悲鳴をあげても、結之助は怒りにまかせて腰を揉みつづけた。

九

三代治は、口封じのために殺された。

それは、敵も水面下で蠢いていることを意味する。

惨事を免れたおたみは、きっと何かを知っている。

幼子の口を封じたいがために、敵はおたみを捜しているのだ。

包囲網は狭められ、鼻先まで魔の手は及んでいるのかもしれない。

芳町の暗闇と降りやまぬ雨音が、結之助の胸底に不吉な風を送りこむ。

蔭間の京次が、背に大きな荷を背負ってきた。

「なあご」

三毛猫が鳴き、おふくが眠たそうな目を向ける。

「どうしたんだい、その風呂敷包み」

「貸本さ。蔭間だけじゃ食えないんでね」

そこへ、おせんとおたみが顔を出した。

おたみの髪には、結之助が買ってやった花簪が挿してある。

「娘たちにも、絵本を持ってきてやったぜ」

「わあい」

「よっこらしょ」

京次が上がり端に座ったところへ、おせんが駆けよった。

刹那、荷を括る縄がぶつっと切れ、貸本の山が崩れおちてくる。

「きゃああ」

おせんは尻餅をついたが、間一髪で助かった。

おふくよりもさきに、結之助が身を寄せ、おせんを助けおこす。

「誰か、誰か、助けて」

襖の手前で、おたみが叫んだ。

崩れた本の狭間から、京次がぬっと顔を出す。

「あいつ、喋りやがった」

「しっ」

おふくが制し、おたみに優しく声を掛けた。

「無理しなくていいんだよ。ほら、そっと声を出してごらん」

おたみは頷き、のどに手を当てる。

そして、ことばをすらすら紡ぎだした。

「わたしね、みたんだよ。おとっつあんが縄を切ろうとしていたのさ」

「縄ってのはあれかい、材木置場の材木を括っていた縄のことかい」

「うん、そうだよ。でも、おとっつあんはめそめそ泣いて、どこかに行ったのさ。わたしも悲しくなって、おとっつあん、おとっつあんって呼んだら、おっかさんに手を引っぱられた。もう、呼んだらいけないって叱られたのさ。そのとき、どどって何かが落ちてきたんだよ」

「材木だね。おとっつあんのほかに、誰か別の人をみなかったかい」

おふくが冷静に尋ねると、おたみは大人びた顔つきで考えこんだ。

「うん、みたよ。お守りをくれたおっちゃん」

「お守りって、これかい」

おふくは長火鉢の抽出（ひきだし）を開け、水天宮のお守りを摘んでみせた。

「それそれ、おっちゃんが届けてくれたんだ。おとっつあんが買ってくれたんだって、おっかさんは喜んでいたよ」

水天宮のお守りには、一分金がはいっていた。

いったい、三代治はどういうつもりだったのか。

水天宮のお守りで妻子を誘ったのだとすれば、許し難い所業だ。

「縄を切ったのは、そのおっちゃんさ」

「え、ほんとうに」

「うん、そう。笑ってたもん」

「何だって」

おふくは顔を怒らせ、最後の問いを吐きだした。

「おっちゃんの顔、おぼえているかい」

「ううん、忘れちまった。でも、名は知っているよ」

「え」

「巳吉さ。だって、おとっつあんが縄のそばで言ってたもん。やめてくれ、巳吉さんって」

おふくは目に涙を溜め、結之助のほうを振りむいた。

「聞いたかい。わたしゃ、こんなに口惜しいおもいをしたことがないよ。ふん、人殺しの悪党め。この娘がぜんぶ教えてくれた。巳吉は伊平の指示で縄を切ったんだ」

伊平は木曾屋に命じられてやり、黒木弥五郎も木曾屋に金を握らされ、証拠潰しに掛かったのだろう。

おたみのおかげで、経緯は明確になった。

もはや、躊躇（ちゅうちょ）しているときではない。

結之助は同田貫を腰に差し、爪先を雪駄に捻（ね）じいれた。

「あんた、行くのかい」

目を赤く腫（は）らしたおふくを振りかえろうともせず、結之助は大股で玄関口に向かう。

「死なないでおくれよ」

必死のことばを背中で聞き流し、闇に一歩踏みだした。

「ん」

何かがちがう。

生温い風が吹き、結之助の裾をさらった。

闇が人のかたちとなり、ひとり、またひとりと、抜けだしてくる。

喧嘩装束に身を固めた連中が、手に手に得物を携えていた。

様子を窺いにきた京次が、後ろで「ひぇっ」と悲鳴をあげた。

目にできるだけでも、十人は超えている。

背後の闇には、倍の人数が隠れていそうだ。

白鉢巻きに襷掛けの男が、輪の中心に進みでた。

巳吉である。

「へへ、てめえは袋小路に追いつめられた野良犬だぜ。娘がいるなあ、わかってんだ。気づくのが、ちと遅すぎたがな。おたみって娘を出しな。できねえってなら、口入屋ごとぶっ潰すぜ」

結之助は後ろの京次に命じ、おたみを連れてくるように言った。

「え、でも」

「任せろ。女将にもそう言っておけ。それから、貸本を積んできた背負子もここに持ってこい」

「え、何で」

「何でもいい。急げ」

「は、はい」

おたみは、おふくに抱かれてきた。

結之助は京次から背負子を受けとり、ひょいと肩に背負う。

「女将さん、おたみを背負子に括りつけてくれ」

「え、おまえさん、どうしようってのさ」

「血路を開く。それしか、妙手が浮かばぬのでな」

少し離れて対峙する巳吉が、痺れを切らした。

「何をごちゃごちゃやってんだ。早いとこ、娘を寄こせ」

おふくは急きたてられ、仕方なく、おたみを背負子に括った。

刹那、結之助は脱兎のごとく走りだす。

「ひぇええ」

おたみが叫ぶ。禿髪が風に靡いた。

「ぬへっ」

正面の手下が腰を抜かし、泥濘に転がった。

「殺れ、逃がすんじゃねえ」

巳吉の叫びに応じ、段平（だんびら）を抜いた連中が襲いかかってくる。

結之助は白刃を縫うように駆け、四つ辻に躍りでた。

「来たぞ、殺っちまえ」

左右から、新手が斬りかかってくる。

「ふん」

結之助は、同田貫を抜いた。

抜き際の一撃で、ひとりを斬る。

「ぬぎゃっ」

耳が殺（そ）げた。

何とも、凄まじい切れ味だ。

そばにいた伊平の手下どもが腰砕けになった。

綻（ほころ）んだ間隙を衝（つ）き、暗い隧道（ずいどう）をひた走る。

「ひなげしの旦那、こっちだよ」

横道から声が掛かった。

鰓（えら）の張った顔がぬっと出てくる。

京次だった。先まわりしたのだ。

「蔭間の住処（すみか）は蟻の巣といっしょでね、奥が深いんだよ」

だが、一時しのぎはできても、虱（しらみ）潰しに当たってこられたら無事は保証できない。

ふと、結之助に名案が浮かんだ。

耳打ちをすると、京次も膝を打つ。

結之助は背負子を外し、京次に預けた。

いつのまにか、おたみは気を失っている。

「旦那。ほら、可愛い顔で寝てるよ」

「どれ」

結之助はおたみの顔を覗きこみ、餅のようなほっぺたを指で突いた。

京次は、にっこり微笑む。

「旦那って優しいんだね。ここが修羅場とはおもえないよ」

結之助は、雪音のことをおもっていた。

おたみと雪音のどこがちがうというのだ。

命など惜しくない。そう、おもえてくる。

「京次、頼んだぞ」

「あいよ」

結之助は糝粉細工の右腕を捻りとり、京次の手に抛った。

細紐を口に銜え、左手一本で器用に襷掛けをしてみせる。

「ぬおっ」

躍りでたさきには、修羅場が待ちうけていた。

十

斬って斬って斬りまくる。

「ぬぎぇっ」

悪党どもの悲鳴が響き、結之助の駆けぬけたあとには、耳が点々と落ちていた。

明日になれば、神田佐久間町の界隈は耳を失った連中で溢れかえる。それでも、命を絶たれないだけましだ。

「刃向かえば、命を貰うぞ」

脅しあげると、連中は尻をみせた。

引導を渡すべき相手は、すでにきまっている。

そのうちのひとりが、臆病な野良犬のように吠えた。

「殺れ、尻をみせるな。逃げたやつは、ただじゃおかねえぞ」

巳吉は、一介の番太郎ではない。

伊平の十手を預かっている。それだけ、信頼されているということだ。

が、もはや、巳吉の指図を聞く者はひとりもいない。

怒鳴っても、懇願しても、尻尾を丸めて逃げていく。

気づいてみれば、巳吉はたったひとりで、道のまんなかに佇んでいた。

霧雨が横風に流されている。

ひたひたと、隻腕の用心棒は近づいた。

「待て、待ってくれ」

狼狽（うろた）える巳吉の鼻先で、結之助は足を止めた。

「伊平はどこにいる」

重厚な口調で糾すと、巳吉は首を横に振った。

「し、知らねえ」

「答えたくなければ、それでもかまわぬ」

「待ってくれ。教える。親分は湯島天神下の『軍鶏八（しゃもはち）』にいる」

「木曾屋もいっしょか」

「ど、どうしてそれを」

「聞いてみただけさ」

「喋ったぜ。さあ、助けてくれ」

巳吉は半泣きに泣き、拝んでみせる。

結之助は黙然と、独楽鼠を睨みつけた。

「後生だ、命だけは」

「助けるとおもうか」

「げえっ」

同田貫の握られた左手を、結之助はふわりと持ちあげた。

薪を割るよりも静かに、何気なく白刃を振りおろす。

「ぐひぇっ」

断末魔の悲鳴は短い。

傍から眺めれば「嬰児の戯れのごとし」と評されるとおり、何ひとつ細工のない太刀行であった。

無住心は「一毛不傷の剣」ともいう。

相手の毛髪一本たりとても損なわず、静寂のなかから強烈な一撃を繰りだす。

そういう意味らしい。

一瞬にして地獄へ堕ちた小悪党をみれば、たちどころにわかる。

巳吉の脳天はぱっくり割れ、目玉はふたつとも飛びだしていた。

雨に濡れた石榴（ざくろ）の花のように、真っ赤な血が道を濡らしている。

結之助の頬には、ひと筋の涙が光っていた。

憐憫（れんびん）や同情など微塵（みじん）もない。

死んで当然の悪党を斬った。

なのに、涙が溢れてくる。

結之助は泣きながら、屍骸を跨ぎこえる。

雨に濡れるのも厭（いと）わず、湯島天神の坂下へ足を向けた。

十一

武家屋敷の立ちならぶ隘路（あいろ）を抜け、結之助は湯島天神の坂下へ向かった。

そこだけが昼のように明るい一画に、美味い軍鶏（しゃも）を食わせると評判の見世がある。

軍鶏といえば庶民が気軽に食する食べ物だが、軍鶏八は金満家だけを相手にする気取った見世で、長い廊下を挟んで個室がいくつもあり、中庭に面した奥座敷も用意されていた。

勝手口にまわって下女に聞くと、伊平は木曾屋藤兵衛ともども奥座敷に芸者衆を侍らせ、巳吉の首尾を微酔(ほろよ)い気分で待っているようだった。厄介な黒木弥五郎は酒席に呼ばれておらず、古参の手下がふたりほど控えているばかりで、これといった障壁は存在しない。

結之助の心は、氷のように冷めていた。

怒りもなければ、悲しみも憐憫もない。

感情を殺さぬかぎり、人を斬ることはできなかった。

そのせいなのか。

人を斬った瞬間、抑えていた熱いものが内から溢れだしてくる。

人を斬ったら泣けてしまうという妙な癖を、結之助は自分でも持てあましていた。

また、泣かねばならぬのか。

それをおもうと、挫けそうになる。

しかし、ここは踏んばりどころだ。

結之助は何食わぬ顔で忍びこみ、長い廊下を曲がって中庭に達した。

石灯籠の灯明が、濡れた紫陽花を照らしている。

庭の片隅には、庵造りの厠があった。

戸口の柱には「軍鶏八」と書かれた軒行灯がさがっている。

結之助は漆黒の空を見上げ、雨粒をごくっと呑んだ。

雨は本降りになりつつある。

鬱陶しい雨だ。

晴れ間を目にしたのは、いつのことであったか。

月星の輝く夜のあったことさえ、忘れてしまった。

が、あと数日もすれば、梅雨も明ける。

川開きとなる二十八日の宵は、両国の川筋に大輪の花火が打ちあげられる。

地廻りを束ねる伊平も、木曾屋藤兵衛も、今夏の花火を目にすることはあるまい。

結之助は石灯籠の脇を擦りぬけ、奥座敷へ近づいていった。

襖一枚隔てた向こうからは、芸者衆の嬌声が聞こえてくる。

伊平が媚びを売る木曾屋藤兵衛とは、悪徳商人を絵に描いたような人物だった。みっともないほど肥えたからだに、鯊に似た醜悪な顔が載っている。残忍で好色なうえに猜疑心が強く、おふくなどに言わせれば「金糞垂れのへっぽこ野郎」ということになるが、軍鶏八や芸者衆にとってみれば、これ以上の上客はいない。自然、芸者衆の接待にも力がはいる。命じられれば一夜の褥をも拒まない覚悟をきめているようだった。

結之助は踏みこまず、木曾屋か伊平のどちらかが厠に立つのを待った。

四半刻（三十分）ほどすると、伊平のほうが手下ひとりを伴って廊下にあらわれた。

「巳吉はどうした。下手こいたんじゃあるめえな」

声を荒らげると、手下はその場を離れ、様子を窺うべく廊下の向こうに消えていく。

「くそったれめ」

伊平は唾を吐き、庭下駄を突っかけた。

石灯籠の脇を通り、厠へ向かう。

結之助は、影のように近づいた。

軒行灯が揺れる。

伊平は扉を開けたまま、威勢よく放尿しはじめた。

結之助は背後にまわり、耳許にそっと囁いてやる。

「呑みすぎたな、悪党」

「ぬひゃっ」

仰天した伊平は、小便をそこらじゅうに撒きちらす。

結之助は、ずらりと白刃を抜いた。

「うえっ」

刹那、切っ先がのどぼとけに刺しこまれた。

微塵の躊躇もない。

結之助は白刃を引きぬき、素早く血振りを済ませて納刀する。

裂け目から血が噴きだし、軒行灯の炎を消した。

横たわる屍骸を顧みようともせず、結之助は縁の下に潜む。

しばらく待つと、芸者がふたり、しめしあわせたように部屋から出てきた。

「わたしたち、お邪魔虫だね」

「うふふ、ほんとうだ。やっぱり、姐さんの色気には敵わないよ」

交わされた内容から推すと、木曾屋の気に入った芸者だけが部屋に残されたようだった。

芸者衆が去ると、もうひとりの手下が顔を出した。

伊平の戻りがあまりに遅いので、心配になったのだ。

結之助は廊下の隅に身を寄せ、ずんと拳を突きあげた。

「うっ」

手下は当て身を食らい、声もあげずに頽れてしまう。

部屋に残っているのは、木曾屋と芸者だけになった。

結之助はひらりと廊下にあがり、音もなく襖を開けた。

木曾屋は上座から半身を乗りだし、下に組み敷いた芸者の口を吸っている。

「おい」

呼びかけると、上気した素っ頓狂な顔を振りむけた。

「ん、誰だい。おまえさんは」

芸者も身を起こし、襟元をなおそうとする。

結之助は滑るように近づき、黒い布を宙に抛った。

布は落ち葉のように舞い、芸者の顔をすっぽり覆ってしまう。

結之助は抜刀するや、鋭利な先端を木曾屋の鼻先に突きつけた。

「ぬえっ」

煌めく乱の刃文をみつめ、金糞垂れは二重顎を震わせる。

醜悪な面相は、泣き顔に変わった。

「助けてくれ。金なら払う。百両でも二百両でも、好きなだけくれてやる。だから、なっ」

必死に命乞いする鯊顔を睨み、結之助は静かに言った。

「世の中には、金で買えぬものもある」

「え、そんなものがあるのけえ」

「おぬしにはわかるまい。地獄で閻魔にでも聞くがいい」

刃音とともに、同田貫が鉈落としに落とされた。

「ねひぇっ」

鯊首が肩にめりこむ。

断末魔の悲鳴もない。

芸者は布を被ったまま、気を失っている。

深閑とするなかに、鮮血の飛沫く音だけが聞こえていた。

結之助は無骨な黒鞘に同田貫を納め、中庭に降りていく。

雨脚は、いっそう激しさを増している。

「あとひとり」

頬を涙で濡らしつつ、結之助はつぶやいた。

十二

闇を裂く雨筋さえもみえるような気がした。

結之助は濡れるにまかせ、鯰(なまず)のように泥濘を進んだ。

黒木弥五郎の待つ場所は、見当が付いている。

おそらく、筋違橋の番屋であろう。

悪党どもが連絡を取りあうところだ。

暴れ竜の異名をもつ神田川が、轟々(ごうごう)と流れている。

あと数日も雨がつづけば、堤は破られるにちがいない。

これまでも幾度となく決壊し、大勢の犠牲者を出してきた。

洪水、地震、火事、そして飢餓、江戸には人の死が日常茶飯事に存在する。

不慮の出来事で亡くなった妊婦のことも、罠に嵌められて刑場の露と消えた材木商のことも、すぐに人々の記憶から消しさられてしまうだろう。流れに逆らわず、流れに身をまかせるほうが利口だと、多くの者は考える。

だが、結之助にはそれができない。

敢えて流れに抗い、藻掻き苦しみながらも、信じた道を突きすすむ。

生きざまを変えるくらいなら、死んだほうがましだ。

黒木弥五郎は、ひとりで待っているにちがいない。

円明流の練達だけに、腕には相当な自信がある。

捕り方を動員するまでもないと考えていよう。

それに、白洲へ持ちこめば、ややこしいことになる。

野良犬の一匹や二匹、自分の手で容易に葬ってやる。

そうやって高をくくり、手ぐすね引いているのだ。

「さて、どうやって倒す」

形を勢法と呼ぶとおり、円明流は相手を呑みこむ勢いを身上とする。大小二刀を旋風のごとく操り、車懸かりで、突き、薙ぎ、斬りおとし、といった連続技を繰りだすのである。

その強靭さは身震いを禁じ得ないほどだが、盲点もあるにはあった。たとえば、二刀の刃長のちがいだ。大刀と小刀では、一尺のちがいがある。この差を埋めるべく、小刀を握った左手は無意識のうちに伸びようとする。そこに、間隙が生じる。

目を細めると、番屋の灯りは点いていた。

すでに、番太郎の巳吉はこの世にいない。

無論、黒木は知っていよう。

耳を殺がれた伊平の手下に聞いたはずだ。

が、知られたところで、何ひとつ変わりはしない。

尋常に勝負を挑み、白黒つけてやるだけのはなしだ。

結之助は慎重に歩を進め、戸口のまえで息を吐いた。

濃厚な野獣の気配を感じる。

油障子をすっと開け、土間に踏みこまずに身構えた。

「ぬふふ、来よったか」

小山のような黒羽織の背中が、こちら向きに座っている。

黒木には余裕があった。

五徳に掛けた鉄瓶を摘み、茶碗に酒を注いでいる。

「おめえ、右腕が無えのに、やたら強えらしいな。どうでえ、一杯」

「遠慮しておく」

「ふん。おめえの腕なら、割のいい口なんざいくらでもある。どうして、つまらねえ連中に義理立てしやがるんだ」

「さあな」

「自分でもわからねえのか。江戸に不案内だってなら、おれが一から教えてやる。おれと組めば損はしねえぜ」

「おぬしのような外道は好かぬ」

「ほ、そうきたか」

黒木は茶碗酒を美味そうに呑みほし、やおら腰をあげた。

こちらに背を向けたまま、大刀をゆっくり抜いてみせる。

振りむいた。

鬼のような形相で、前歯を剝く。

「なら、死ねや」

「ふん」

結之助も、抜刀した。

片手持ちの平青眼（ひらせいがん）に構え、微動だにしない。

「ほう、隙のねえ構えだな」

黒木は腰をぐっと落とし、大刀の先端を右下段に下げた。

強固な左肩を押しだして壁をつくり、白刃を背後に隠す。

「牛はな、ときとして虎にも変わるんだぜ」

黒木は、舌で唇を嘗めた。

なるほど、一分の隙もない。

円明流の奥義にある「虎振（とらぶり）」の構えであろう。

腰の据わりをみれば、想像以上に手強い相手だと察しはつく。

結之助は、じりっと退がった。

「逃げるのか。そうはさせねえ。ぬりゃっ」

黒木の初太刀は、突きだった。

薙ぐとみせかけ、のどもとを狙ってきた。

尋常な突きではない。

二尺七寸の白刃が、倍にも伸びたように感じられた。

結之助はたまらず、戸外へ転がりでた。

すぐさま、油障子が蹴破られ、猛牛が襲いかかってくる。

「ぬおおお」

黒木は一尺七寸の小刀も抜きはなち、両手で大小を高々と掲げた。

円明流の目録にある「二刀八相」の構え、まさしく、水牛の角だ。

逆八文字に広がった大小は同時に、あるいは交互に、自在に変化しながら攻撃を繰りかえす。

二刀勢法の要訣は「対峙する相手の機前の気を捉えて動く」ことだ。

相手が呼吸を詰め、斬りかかろうとする寸前を狙う。

機前の気を捉えるとは、そういうことだ。

ことばで言うのは容易だが、会得するには血の滲むような鍛錬を要する。

黒木は、厳しい鍛錬を潜りぬけてきた者だけの持つ自信と覇気に溢れていた。

「ふえい」

恐れを振りはらうかのように、結之助は気合いを発した。

と同時に、からだを投げだすように踏みこみ、突くとみせかけて、上段から渾身の一撃を振りおろす。

「ぬおっ」

これを黒木は縦横十字の組太刀で受け、二刀で強引に撥ねあげるや、逆しまに上段から大刀を斬りさげた。

石の五輪塔をも砕くと評される一撃が、結之助の鼻面を嘗めて地を叩く。

どしゃっと、泥水が撥ね、相手のすがたが消えた。

「くりゃっ」

一抹の躊躇も逃さず、黒木が低い姿勢から突きを繰りだした。

半身に開き、一直線にのどを狙った突き。「指先」である。

まさに、機前の気を捉えた一撃であったが、結之助はこれを鬢一寸で躱した。

「小癪な」

黒木は両刀を折りかさねて右脇に構え、左肩をぐっと押しだす。

二刀虎振か。

ぴたっと、静止した。

動から静へ、いよいよ、息の根を止める腹のようだ。

下手に打ちこめば、虎の尾が背後から襲いかかってくる。

結之助は何をおもったか、肩の力を抜き、すっと白刃を下げた。

黒木は不審げに眉根を寄せ、構えを「合掌」に変える。

両刀を眼前に翳(かざ)し、文字どおり、祈るような構えだ。

常世(とこよ)へ導かんとすべく、経でも唱えているのか。

あるいは、みずからの死出(しで)を祈っているのか。

いまだ、結之助には、勝ちを得る道筋がみえてこない。

激しい雨が、すべてを包みこんでいた。

ふたりはしばらくのあいだ、まんじりともせずに対峙した。

詰め将棋でもするように、相手の出方を探っているのだ。

焦れたほうが負けると、おたがいにわかっている。

機前の気を捉えるには、相手にまず打ちこませなければならない。

しかし、勝負が長引けば疲労も蓄積されるので、一概に仕掛ける側が不利とも言えなくなる。

結之助は、さきに仕掛ける腹を決めていた。

当然のごとく、黒木は機前の気を捉えようとする。

その瞬間、勝機が生まれるにちがいない。

勝機はつねに、死と隣りあわせのところにある。
「うしゃ……っ」
結之助は鋭く踏みこみ、片手青眼から突きに出た。
黒木は「しめた」とばかりに、左手の小刀を当ててくる。
弾かれたら最後、右手に握った大刀の切っ先で串刺しにされる。
ところが、そうはならなかった。
結之助は突くとみせかけ、手首を捻った。
刀の平地(ひらじ)を寝かせ、右側頭を削るように薙ぎあげる。
「うっ」
黒木は右肩を引いて半身で躱し、すかさず、返しの一撃を突いてきた。
小刀だ。
狙いどおり、左手が伸びきる。
今だ。
——ぶん。
同田貫が閃光を放つ。
「ぬげっ」

つぎの瞬間、黒木弥五郎は小刀ごと籠手(こて)を薙ぎおとされていた。

それでも、右手に握った大刀を猛然と振りまわしてくる。

血飛沫とともに繰りだされた一撃は、虚しく空を裂いた。

「すりゃ……っ」

結之助の気合いもろとも、同田貫が大上段から唸りをあげる。

刹那、黒木はみずからの慢心を悟った。

「くわあああ」

この世への未練が、断末魔の叫びとなって迸(ほとばし)る。

猛牛は月代をふたつに割られ、泥濘(ぬかるみ)に転がった。

結之助は、がくっと片膝をついた。

詰めていた息を、長々と吐きだす。

黒羽織の屍骸は、真っ赤な泥水に沈んでいく。

「あのときと同じ」

車軸を流すほどの雨が降っている。

結之助の脳裏には、崩れた材木の隙間から突きでた白い細腕が浮かんでいた。

十三

夕河岸の喧噪を川向こうに眺めつつ、結之助は十九文店の敷居をまたいだ。

おつね婆がいない。

散歩の頃合いでもないし、少し心配になる。

紋蔵が、ひょっこり顔を出した。

「婆さんなら、餅屋にいる」

通りを挟んで反対側に、和国餅を売る見世がある。

近づいてみると、おつね婆が輝くような笑みを浮かべた。

「ほら、おたみ。ひなた屋の先生さまがいらっしゃったよ」

「わあい、ほんとだ」

奥の暗がりから、五つの娘が飛びだしてくる。

「おっちゃん、抱っこして」

結之助は抱きつかれ、片手で軽々とおたみを持ちあげた。

おつね婆が嬉しそうに、下から見上げている。

「ありがとうよ」

と、紋蔵が言った。

崩れた材木の隙間から、おたみを救ってやったことへのお礼だった。

いや、それだけではない。巳吉たちに襲われた晩、機転を利かせて京次におたみを託し、わざわざ十九文店へ連れてきたことへの感謝もふくまれている。

あの晩以来、おつね婆はおたみを手放そうとしなかった。

おたみのほうも、全身全霊で可愛がってくれる婆に懐いている。

「それならいっそ、どうだろう」

十九文店の孫娘になっちまったらと、おふくが提案した。

「うん」

おたみは、こっくりうなずいた。

天涯孤独の身ゆえ、帰るところもない。自分を必要としてくれる家の子になることができたら、その家で懸命に生きてみようと、健気にも考えているようだった。

がははと、紋蔵が嗤った。

「おたみ、今宵はみんなで船に乗るぞ。お楽しみが待っているそうだ」

「え、嬉しい」

夕暮れになった。

低い空に月が出ている。

四人は連れだって、思案橋のそばから鎧の渡しへ降りていった。

おふくとおせんの母娘、それと、京次が桟橋で手を振っている。

「おうい、こっちだ、こっち」

豪華な九間一丸とまではいかないまでも、かなり大きな屋根船が繋がっている。

「今宵は貸し切りだよ」

おふくが胸を張った。

みなでさっそく乗りこむと、纜が解かれ、船は日本橋川に漕ぎだす。

箱崎あたりから大川に躍りだし、両国へ向かうのだ。

二十八日の川開きになれば、夕刻から川面は船に埋めつくされる。

そうなると、船を仕込むのさえ容易ではない。

ゆえに、まだ空いている今夜を選んだ。

「役人にみつかったら大目玉を食らう。でもな、今宵は特別さ」

紋蔵に顎をしゃくられ、京次が立ちあがった。

小脇に細長い筒を抱え、船尾へ歩を進める。

「さあて、ご覧じろ。取りいだしたるこの筒は、種も仕掛けもありゃしない。花火筒だよ。厄介事も決着したし、こいつの尻に火を点けて、どかんと一発、派手に打ちあげようって趣向さあ。首尾よく花火が打ちあがったら、拍手喝采と願いましょう」

祝いの花火というよりも、おたみの母親に捧げる追悼の花火であった。

おたみを喜ばせたいがために、みなで智恵を絞ったのだ。

京次の腕前では、たいした花火は期待できない。

それでも、気持ちだけは伝わるだろう。

「よし、そろそろやってくれ」

「あいよ」

紋蔵に指図され、京次は船尾に立った。

筒口を月に向け、尻の紐に火を点ける。

――ぼん。

大きな音が聞こえ、みなは一斉に空を見上げた。

ところが、大輪の花はいっこうに咲く気配もない。

花火は小便のような弧を描き、川面に落ちた途端、じゅっと音を起てた。

「しょぼいぜ」

紋蔵は、頭を抱えた。

おたみだけは、嬉しそうに手を叩いている。

生まれてはじめて、花火を目にしたのだろう。

「しょぼくてもね、おたみにとってみれば、この世にふたつとない花火なのさ」

おふくはそうこぼし、横を向いて涙を拭う。

おつね婆も泣いていた。泣きながら、笑っているのだ。

旅の路傍でみつけた微笑仏のような顔だなと、結之助はおもった。

別れの抜き胴

一

水無月(みなづき)になって丸十日、雨は一滴も降らず、江戸の町は灼熱(しゃくねつ)の日射しに焼きつくされている。

——須臾(しゅゆ)にして三伏(さんぷく)の暑さを忘れる。

名所細見によれば、芝(しば)の愛宕山(あたごやま)には鬱蒼(うっそう)たる松杉の森があるという。

記述を鵜(う)呑みにしてやってきたのはいいが、勾配のきつい男坂(おとこざか)の石段は八十六段もあり、結之助の膝は途中で笑いはじめた。吐く息も熱い。それでも、汗みずくになってどうにか頂上へたどりつき、葦簀(よしず)張りの水茶屋でよく冷えた麦茶を呑んだところで、ようやく生きかえった心地になった。

木陰には夏椿の鉢植えが並んでいる。沙羅の花とも呼ぶしっとりとした白い花弁は、水遣りをする看板娘の肌と同じだ。

結之助は深紅の毛氈から腰をあげ、崖っぷちまで歩を進めた。

「ほう」

眼下には、江戸湾の絶景が広がっている。

凪ぎわたった蒼海の沖には白い帆船が浮かび、安房や上総の陸影もくっきりと遠望できた。生まれ故郷の小見川はさすがにみえぬものの、幼い娘の住む下総の湊町が手の届くところにあるように感じられた。

たった今、ひとつだけ願いを叶えてやると言われたら、娘に邂逅させてほしいと迷わずに訴えるであろう。

ともあれ、苦労して石段をのぼってきた甲斐があった。

ふと、気づいてみれば、境内は蟬時雨に包まれている。

「ほおずき、あおほおずき。癪を遠ざける妙薬だよ。疳の虫も治まるよ。ほおずき、あおほおずき」

鬼灯売りの声が、参道に響いていた。

愛宕明神は火伏せの神だが、家康は武運長久と家名繁栄を祈念すべく、ここに行基上人(ぎょうきしょうにん)の彫った勝軍地蔵も祀(まつ)らせた。愛宕山の千日参りといえば水無月の二十四日をさし、境内は勝軍地蔵のご利益にあやかりたい人々で埋めつくされる。

ところが、参道は閑散としており、そうした情景は想像もできない。

蟬時雨がやみ、男坂のほうから読経が聞こえてきた。

「南無阿弥陀仏、南無阿弥陀仏」

網代笠(あじろがさ)に黒衣を着けた念仏聖(ひじり)らしき一団が、陽炎(かげろう)のように揺れながら近づいてくる。

七、八人はいようか。

錫杖(しゃくじょう)の環(かん)を鳴らしつつ、水茶屋のまえを通りすぎ、甃(いしだたみ)の参道を本堂に向かっていく。

「ん、妙だな」

結之助は、殺気を感じた。

一団のめざすさきには、白髪の隠居が歩いている。

大小を腰帯に差しているので、武士にちがいない。

小柄で痩せているが、背筋はしゃんと伸びていた。

黒衣の一団と老侍の間合いは、みるまに狭まった。

結之助は心配になり、一団のあとを足早に追った。

すれちがう参詣人たちは難を避け、脇道に逃げる。

「それっ」

鋭い掛け声とともに、網代笠が一斉に抛られた。

有髪の坊主たちが散り、錫杖に仕込んだ刃を抜く。

「死ねい」

先頭のひとりが、老侍に斬りかかった。

刹那、白刃が閃いた。

声もなく斃れたのは、坊主のほうだ。

老侍が抜いたはずの本身は、すでに鞘の内にある。

「居合か」

結之助は足を止め、闘いを凝視した。

「きえっ」

坊主ふたりが、左右から同時に斬りかかる。

老侍はひょいと躱し、ひとさし舞うような仕種をみせた。

つぎの瞬間、閃光が走りぬけ、坊主たちは地に転がった。

「油断するな」

坊主のひとりが叫ぶや、老侍はこちらに背をみせた。

参道から外れ、本堂の裏手へ、すたすた駆けていく。

速い。上体をほとんど動かさず、地に吸いつくような姿勢で走りに走り、杉林のなかへ消えていった。

「逃すな」

黒衣の五人が追い、結之助も追いかけた。

同田貫の柄を握り、低い姿勢で参道を横切る。

いざとなれば、老侍の助太刀をする腹でいた。

陽の射さぬ杉林の奥はひんやりとしており、追う者と追われる者の輪郭がはっきりとみえる。

老侍は杉の巨木を背に抱え、黒衣の五人が扇状に取りまいていた。

五対一。

分が悪いとみてとり、結之助は声を掛ける。

「おい、こっちだ」

黒衣の連中が振りかえった。

すかさず、ひとりが地を蹴る。

左から右へ、右から左へ、独特の足運びだ。

氷上を滑るように駆けよせ、斜め前方から斬りかかってくる。

「ふん」

これを半身で躱し、結之助は鯉口を切った。

抜刀するや、振りむいた相手の脳天に白刃を振りおろす。

「ぬげっ」

別のひとりが、敏捷な動きで眼前に迫った。

結之助は躱しもせず、低い姿勢で懐中に飛びこみ、やはり、上段の一撃を浴びせかける。

「ぎゃっ」

ふたり目の屍骸が転がった。

残った三人は動揺し、身を強張らせている。

「それ」

老侍が手近のひとりに身を寄せ、抜刀するや、右腕をすっぱり斬った。

斬った勢いのまま、大音声(だいおんじょう)で喝(かつ)しあげる。

「退け、毛坊主(けぼうず)ども」

端整な面立ちから発せられたのは、戦場錆(せんじょうさび)の利いた声だ。

歴戦の古兵(ふるつわもの)のような迫力があった。

三人は気を殺がれて後じさり、尻尾を丸めて逃げだした。

結之助は血振りを済ませ、同田貫を黒鞘に納める。

と同時に、ひと粒の涙が頬を伝って流れおちた。

「雨竜(あまりゅう)か」

老侍は感慨深げに吐きすて、矍鑠(かくしゃく)とした足取りで近づいてくる。

一撃でふたりを斃した結之助の雄姿を、雨を呼ぶ竜神にみたてたのであろうか。

「おい、おぬし、泣いておるのか」

「いいえ」

意志とはかかわらずに、涙が溢れてくる。

自分ではどうにもできぬのだと応じても、常人には理解できまい。

「なぜ、右手を使わぬ」

と聞かれ、結之助は無言で右肘を捻った。

糝粉細工の義手を差しだすと、老侍は動じることもなく微笑(ほほえ)み、やつぎばやに問うてくる。

「ほほう、隻腕の剣客か。図体もでかいな。六尺近くはあろう。元は陪臣か。どこの藩におった」

「下総の小藩でござります」

「小藩とは」

「小見川藩でござる」

なぜであろうか。素直に応じてしまうことが、自分でも不思議だった。

「なるほどの。小見川藩一万石といえば、昨秋、不行跡との理由で藩主が代わったであろう。先代の伊勢守正容どのは大身旗本からの養子、からだじゅうに刺青を彫るなどして虚勢を張る傾奇者であったと聞いておる。さような痴れ者を主君と仰がねばならぬ身であったならば、さぞかし、理不尽なおもいもしたであろうよ」

あながち、的外れな想像でもなかった。

いずれにしろ、小見川藩にゆかりのある者でなければ、そこまで詳しい内容を語ることはできまい。

結之助は秘かに驚き、警戒心を抱いた。

「わしの名は忠兵衛（ちゅうべえ）、向島（むこうじま）の萬（よろず）亭に住む隠居じゃ。おぬしは」

「朝比奈結之助でござる。日本橋芳町の口入屋で世話になっております」

「口入屋の用心棒か」

「はあ、まあ……あの、ひとつお聞きしても」

「何じゃ」

「襲ってきた連中は何者でしょうか」

「たぶん、人吉（ひとよし）の毛坊主どもじゃろう」

こともなげに応じ、忠兵衛は鼻をほじる。

「人吉というと、肥後の」

「さよう、人吉藩二万二千石じゃ。藩主は第十三代相良壱岐守頼之（さがらいきのかみよりゆき）どの。歳は不惑のはずじゃが、藩政を牛耳（ぎゅうじ）っておるのは、先代から筆頭家老を任されておる田代政典（たしろまさのり）じゃ。田代は剛直者で融通が利かぬゆえ、領民や下士（かし）に人気がない。民心から乖離（かいり）した藩政はかならずや行き詰まる。ま、おぬしに言うてもはじまらぬがな。愛宕下の藪小路に人吉藩の上屋敷があろう。ひょっとしたら、あの毛坊主ども、藩邸の重臣に飼われておる輩かもしれぬ。食うために信仰を捨て、犬になりさがった手合いじゃろうて」

「よくわかりませぬな」

肥後では各藩とも浄土真宗を禁制にしており、真宗門徒は切支丹（キリシタン）なみに罰せられた。ゆえに、真宗を奉じる半信反俗の毛坊主たちは、ほとんどが隠れ聖になった。そうしたなかには体術に優れた者たちもおり、一部は相良家の間諜（かんちょう）となって、隣国の薩摩や幕府の動向を今も探っているのだという。

「戦国の世でもあるまいに、そうした輩がおるのさえ信じがたいはなしよ。なれど、おる。連中の足運び、目にしたであろうが。あれはな、タイ捨（しゃ）流の裏太刀にある独特の動きじゃ」

「タイ捨流」

言われてみれば、納得はできる。対峙したことはなかったが、タイ捨流の特徴は知っていた。

「剣に長じたおぬしなら、知らぬはずはあるまい。タイ捨流を創始した丸目蔵人佐（まるめくらんどのすけ）は、肥後人吉藩に仕える相良忍びであった」

タイ捨流と人吉藩が結びついたのはわかった。

それにしても、なぜ、忠兵衛なる隠居は命を狙われたのであろうか。

「はてさて。近頃、物忘れがひどうなってな。狙われた理由が、とんとわからぬ」

肝心の問いにはすっとぼけてみせ、狸爺は結之助を煙(けむ)に巻いた。

「おぬし、わしがいくつにみえる」

「還暦は超えておられましょうか」

「うほっ、嬉しいことを言うてくれる。わしはこうみえて、七十九じゃ」

「げっ」

驚いた。さきほどの居合抜き、八十になる老人の動きではない。

「ぬふふ、これも鍛錬のたまものよ。にしてもじゃ、このような老骨、放っておいてもくたばるというに、何でわざわざ命を奪おうとするのかのう」

隠居は入れ歯を鳴らし、けたけた笑う。

結之助はなかば呆れ、ことばを失った。

二

ここのところ、おふくは機嫌が悪い。

暑さのせいもあろうが、不景気で奉公人を雇ってくれないところが増え、ひなた屋の実入りもめっきり減った。

「お金がない。お金がない」

と、おふくは呪文のように唱えている。

何とかしてやりたい気持ちは山々だが、結之助には稼ぎのあてがなかった。

夕刻になり、幕府御用達の菓子屋から、貴重な煉羊羹やら干菓子やらがごっそり届けられた。

「おまえさん宛だよ。送り主は萬亭翁とあるけど、ご存じかい」

おふくは小首をかしげ、熨斗紙をひらひらさせる。

結之助は促されるがままに、愛宕山での一件を喋った。

「きっと、それだ。忠兵衛ってご隠居からのお気持ちだよ。そうとわかれば遠慮はいらないね」

おふくは桐箱の蓋を取り、干菓子の粉を嘗めてみせる。

「もったいないから、とっとこうね」

嬉しそうに言い、菓子箱を小脇に抱えて奥へ引っこんだ。

結之助は役者絵の描かれた団扇を拾い、玄関から外へ出ると、軒先の涼み台に歩をすすめた。

明日には萎む夕顔が、真っ白な花を咲かせている。

夕焼け空を見上げれば、羽の破れた鴉(からす)が嗄れた声で鳴いていた。

四つ辻の向こうから聞こえてくるのは、巷間で流行の都々逸(どどいつ)であろうか。

「おもいからだを身に引きうけて、抜くに抜かれぬ腕枕」

色気のある渋い声は、どこかで聞いたことがある。

のんびりやってきたのは、釣り竿を担いだ忠兵衛であった。

髪も眉も白く、まるで、玉手箱を開けてしまった浦島太郎のようだ。

結之助はおもわず、尻を浮かせかけた。

忠兵衛が、ひらりと手をあげる。

「よう、何をしておる」

「夕涼みを」

「風もなかろうに、暇なやつじゃ」

「余計なお世話です」

「ふうん、ここが口入屋か。小汚いところじゃな」

そこへ、おふくがひょいと顔を出す。

「小汚いところで、悪うございましたね」

「ん、女将か」

「ひなた屋のおふくと申します」

「ひなた屋か。屋号はよいな」

「もしや、萬亭のご隠居さまで」

「おう、そうじゃ。『金沢丹波』の煉羊羹が届いたであろう。あれは女将への土産よ」

「え、わたしに」

「むさい男が甘い菓子なぞ食うか。そやつが世話になっておると聞いてな、挨拶代わりに送らせたのじゃ。ふふ、甘い物をたんと食べ、好きなだけ肥えるがよい」

「まあ、失礼な」

「どこが失礼なものか。わしの好きなおなごは、みな、むっちり肥えておるわい」

「ほほほ、腎張りなご隠居さまですこと。それはそうと、朝比奈さまとは以前からのお知りあいで」

「いいや、昨日知りおうたばかりじゃ。つきあいの長さなぞ、どうでもよいわ。

女将、もののふとはの、一命を惜しまぬことにきわまるのじゃ。わかるか」

「さっぱり、わかりませんけど」

「かつて、柳生但馬守宗矩さまは、とある旗本から『一命を惜しまず事にのぞむ』という信条を聞かされ、そのことだけで新陰流の免状を与えた。朝比奈結之助は、無償で人助けのできる男じゃ。わしは八十年近くも生きながらえておるが、本物の武士と呼べる男は十指に足りぬ。まことに少ない。いや、もはや、死に絶えたに相違ないと嘆いておったやさき、これも愛宕明神のお引きあわせかのう、そやつに出逢うたのよ」

「何だか、大袈裟なおはなしで」

「女将には退屈なはなしかもしれぬ」

忠兵衛はつつっと身を寄せ、おふくの尻を撫でた。

「きゃっ、何をなされます」

「未通娘のふりをするな。触ったところで、減るものでもあるまい」

「このすけべ爺」

おふくは膨れ面をつくり、店に引っこむ。

「さ、まいろうか」

忠兵衛は笑いながら、そそくさと歩きはじめた。

「あの、どちらへ」

「釣りにきまっておろうが」

老人は健脚ぶりを発揮し、隘路(あいろ)を縫いつつ通りぬけ、日本橋の大路をも横切った。

あたりがすっかり暗くなったところで、たどりついたさきは、鎌倉(かまくら)河岸の神田橋御門寄り。河岸の桟橋から小舟を仕立てて向かったさきは、禁漁の立て札が立つ濠内であった。

正面をみやれば、頑強な石積みの擁壁(ようへき)がそそりたっている。

「ここは穴場でな。ほれ、ほかに釣り船もおるまい」

いるわけがない。

呑気に発する老人の顔を、結之助は穴のあくほどみつめた。

「忠兵衛どの、惚けられたか。みつかれば厳罰ですぞ」

「狼狽(うろた)えるな。門番からは死角じゃ。まんがいちにもみつからぬ。肥えた鯉がうようよおるぞ。金も銀も錦もな、よりどりみどりよ」

はしゃぐ老爺の皺顔を、上弦の月が照らしている。

頬被りの船頭は艫に立ち、黙々と棹を操っていた。

商売とはいえ、文句のひとつも出てこない。

妙といえば妙なはなしだ。

忠兵衛が笑った。

「錦鯉を食ったことはあるか」

「いいえ」

「なかなかの珍味よ。餌がよいせいじゃろう」

言ったそばから、立派な錦鯉を釣りあげてみせる。

「ぬはは、どうじゃ。おぬしもやってみるか」

結之助は釣り竿を手渡され、仕方なく糸を垂らす。

くんと、強い引きがきた。

「ほうれ、掛かったぞ」

錦鯉が水面に背鰭をみせ、ぱしゃっと跳ねた。

船頭が絶妙の呼吸でたもを差しだし、錦鯉を掬ってみせる。

「ふん」

忠兵衛が、つまらなそうに鼻を鳴らした。

「美味い餌を与えて生け簀に泳がしておけば、それなりの味にはなる。されど、何かが足りぬ。何であろうな。わしにもようわからぬが、歯ごたえのごときものかもしれぬ。鯉も人も同じじよ。生け簀から飛びださねば、本物にはなれぬ。さて、釣りにも飽いた。おぬしに、ちと頼みたいことがあってな」

「はあ」

「間抜け面をするな。釣りに誘うただけとおもうたか。ほかでもない、人吉藩に関わる一件じゃ。かの藩が長崎買物と称し、長崎にて色緞子や黒繻珍、猩々緋や天鵞絨などの高価な船来品を仕入れ、京洛で売りさばいておるのはよく知られたはなしじゃ。ところが、買物のなかに抜け荷の品が混じっているというのよ」

唐渡りの薬種などを法外な値で売りさばき、私腹を肥やしている連中がいるらしい。

「容易には尻尾を出さぬ。おおかた、藩の重臣と機転の利く商人が結託してやっておるのじゃろう。わしを襲った毛坊主たちも、その連中に雇われた手合いに相違ない。まずは、抜け荷の真偽を探り、不埒な黒幕の正体をつきとめねばならぬ」

「なにゆえ、さような重大事を、どこの馬の骨ともわからぬ拙者に教えなさるのです」

「おぬしは馬の骨ではない。雨竜じゃ」

「雨竜」

「さよう。自在に雨を呼ぶ雨乞いの竜じゃ。旱天に慈雨をもたらす恵みの神と言ってもよかろう。わしは、おぬしに雨竜の相をみたのじゃ。嘘じゃとおもうか。されどな、人間八十年も生きれば、この世にあり得ぬものがみえてくるものよ。ふふ、まあよい。平たく申せば、おぬしの器量を見込んでのことじゃ。ゆえに、こうして、助力を請うておる。無論、ただとは言わぬ。謝礼は出そう。さほど、期待されても困るがの、くふふ」

謝礼と聞き、わずかに心を動かされる。何かの足しにと、おふくに手渡したい。そうした妄想に耽っていると、忠兵衛がふくみ笑いをしながら顎をしゃくった。

船頭が頬被りを外し、深々とお辞儀をする。

結之助は驚き、ことばを失った。

「たまと申します」

恥ずかしげに名乗る船頭は、ほっそりした長身の娘であった。

歳は十七、八であろうか。

わざと顔を汚しているが、目鼻立ちのはっきりした縹緻好しで、額のまんなかに波銭大の痣がある。その痣が痛ましくもみえ、神々しくもみえた。

「おたまはの、そこいらの若侍なぞより、よっぽど頼りになるぞ。おぬしのことを気に入れば、いろいろと世話もしてくれよう」

「御免蒙ります。何のために、わたしが人吉藩の悪事を探らねばならぬのですか」

「わからぬのか、正義のためじゃ。不正があると知っていながら、知らぬ顔ができるか。わしにはできぬ。悪党どもを野放しにしておけば、夢見が悪うて仕方ない。の、悪党を平気な顔でのさばらせてはならぬ。かというて、町奉行でも大目付でもない我が身ゆえ、表立って人を裁くこともできぬ。まんがいち、抜け荷の一件が表沙汰になり、幕府の意向で藩が潰されでもしたら、藩士とその家族が路頭に迷うからの。それだけは、避けねばならぬ」

忠兵衛は強調し、白い眉を怒らせる。

結之助は、肝心なことを問うた。

「忠兵衛どの。あなたはいったい、何者なのです」

「ふん、わしの正体なぞ、どうでもよいわ。要は、おぬしが請けるか、請けぬか。

ふたつにひとつじゃ。無論、やってくれると信じておる。おぬしは真の武士じゃ。これも、愛宕明神が引きあわせてくれた縁というもの。孔子の教えにもある。義をみてせざるは勇なきなり、とな。どうじゃ、やってくれぬか」

巧みなことばでたたみかけられ、結之助は拒む機を逃した。

「されば、陸へ帰ろう。竜閑橋のそばに、腕のよい庖丁人のいる料理屋があってな。鯉尽くしに舌鼓を打ちながら、一献かたむけようではないか」

忠兵衛のくしゃっとした笑顔をみれば、峻拒する気力も失せてしまう。

それどころか、ひと肌脱いでやりたくなる。

まずいなと、結之助は胸の裡で唸った。

三

翌夕、おたまがひなた屋にあらわれた。

昨夜は暗くてわからなかったが、夏椿のように肌が白い。

白いだけに、額の痣が目立った。

年頃の娘が訪ねてきたところで、気にとめる者はいない。

女人専科の口入屋だからであろう。

結之助は気を遣い、おたまと目を合わさずに涼み台を離れた。

おたまのほうも口をきかず、さきに立ってずんずん進んでいく。

日本橋川を渡り、八丁堀(はっちょうぼり)を斜めに突っきり、京橋川が大川に注ぐ鉄砲洲(てっぽうず)までやってきた。

導かれたところは、本湊町(ほんみなとちょう)の船着場だ。

石川島(いしかわじま)を遠望できる沖には、菱垣廻船(ひがきかいせん)が何隻(せき)も碇泊(ていはく)している。

荷船が行き交い、船着場の桟橋は夕河岸のような賑わいだった。

「ほら、あそこ」

素っ気なく発し、おたまは桟橋の一画を指差した。

結之助にというのではなく、たぶん、人に慣れていないのだろう。

おたまは怒ったような顔で、ぶっきらぼうにつづけた。

「あそこの沖仲仕(おきなかし)は、肥後屋の連中さ」

「肥後屋」

「人吉藩御用達の廻船問屋だよ」

荷箱には「長剣梅鉢」の家紋が描かれてある。「相良梅鉢」とも称する肥後人吉藩の家紋にほかならない。

肥後屋が抜け荷の品を扱っている張本人なのだろうか。

「ほら、あれ」

沖仲仕の差配らしき男の背中を目で追うと、派手な着物を纏った巨漢が立っていた。

「あれが肥後屋清七(せいしち)だよ」

巨漢のかたわらには、小太りの侍が偉そうにふんぞりかえっている。

「あっちは、人吉藩の納戸方(なんどかた)さ。組頭(くみがしら)でね、田村又一郎(たむらまたいちろう)っていう嫌な野郎さ」

おたまにかかれば、たいていの男は「嫌な野郎」と呼ばれそうだった。

ふたりはしばらく、荷揚げの様子を眺めつづけた。

別段、怪しいことではない。人吉藩の納戸方と御用達商人が肩を並べ、荷揚げを検分しているだけだ。確かめねばならぬのは、荷箱の中身だろう。

「あのなかに、探している品はないよ。慎重なやつらでね、調べてみたけど、この船着場では何もみつからない。抜け荷の品を扱う船着場は別のところにあるのさ」

「どこだ」

「それがわかれば苦労はしない。でも、きっとみつけてやるよ」

おたまは眉間に皺を寄せ、沖に碇まった菱垣廻船を睨みつけた。

役目とはいえ、なぜ、そこまで気を入れるのか。

忠兵衛とは、いったい、どういう関わりなのか。

さまざまな問いがのどまで出掛かったが、結之助は口を噤んだ。

聞いたところで、返答は得られまい。

夜になり、おたまが背を向けた。

「行くよ」

従いていったさきは、鉄砲洲の桟橋だった。

小舟が何艘か繋がれてある。

一艘の屋根船が纜を解かれ、ちょうど、大川へ漕ぎだしたところだ。

「追いかけるよ」

「え」

屋根船に誰が乗っているのか。

問う暇も与えられず、結之助は船上の人となった。

雨はいっこうに降る気配もなく、川は静かに流れていく。

水先案内の月影が、やけにくっきりと明るい。

永代橋、新大橋と潜りぬけ、両国の大橋に近づくと、花火を打ちあげる音が聞こえてきた。

仄暗い空を見上げれば、大輪の花がいくつも咲いている。

「たまや」

棹をさす船頭は美声を発したが、おたまも結之助も笑みひとつこぼさない。

水脈を曳く屋根船は大小の涼み船を縫うように遡上し、大橋の橋脚を擦りぬけた。

昏い川面に水脈を曳き、一艘だけ大橋から離れていく。

左手のさきに、蔵前の首尾の松がみえてきた。

廓の連中がやったのか、わざわざ、行灯の光で照らされている。

擦れちがう涼み船は次第に減り、吉原をめざす猪牙舟が増えていった。

浅草の今戸橋辺を過ぎれば猪牙舟もいなくなり、吾妻橋を過ぎてからは見掛けるのが渡し船だけになる。

先を行く屋根船は舳先を右手に向け、竹屋の渡しを渡る小舟と併走しはじめた。

たどりつくさきは向島、三囲稲荷の舟寄せである。

ずいぶん、遠方まで来てしまったものだ。

舟寄せに接岸する屋根船を、結之助は川面からじっとみつめた。

桟橋に降りたったのは、巨漢の肥後屋清七にほかならない。

「ひとりだよ。怪しいだろう」

少し自慢げに、おたまが薄い胸を張る。

ふたりを乗せた小舟も舟寄せに達した。

急いで降りたち、肥後屋を追いかける。

別に急(せ)くことはなかった。

道は暗いが一本道で、肥後屋の提げた梅鉢紋入りの提灯を追えばよい。

いったい、どこに向かうのか。

ひょっとしたら、抜け荷の黒幕にでも逢いにいくのだろうか。

おたまも、秘かに期待しているようだった。

肥後屋は二股の道で足を止め、ひょいと右手に曲がった。

おたまは子鹿のように駆け、結之助も裾を掴んで追う。

曲がったさきは狭い迂回路で、大名屋敷の海鼠(なまこ)塀が左手に畝々(うねうね)とつづいた。

肥後屋の向かったさきは、何のことはない、三囲稲荷の裏手にあたる別当の延(えん)

命寺だった。

延命寺には、芭蕉の弟子が詠んだ雨乞いの句碑がある。

肥後屋清七は山門のまえで足を止め、熱心に祈りを捧げはじめた。

「何をやっておるのかな」

まさか、雨乞いではあるまい。

おたまは返事もせず、身を強張らせている。

「おい、どうした」

「うるさい」

いきなり怒りだし、足早に山門をめざす。

すでに、巨漢の背中は境内に消えていた。

急いで追いつくと、肥後屋は宿坊のひとつを訪ねている。

寺男があらわれ、うやうやしく案内しはじめた。

ふたりが向かったのは、本堂である。

本堂には灯明が灯され、住職らしき僧侶が待ちかまえていた。

下にも置かぬ態度で肥後屋を出迎えた様子から推すと、多額の喜捨を受けているのにちがいない。

住職と肥後屋が本堂に消えたところで、おたまが駆けだした。

「おい、待て」

結之助も、必死に追う。

おたまは宿坊に戻った寺男をつかまえ、荒い息を吐きながら問いかけた。

「もし、お聞かせください。肥後屋の旦那は、何をしにこられたのです」

「それはもちろん、御本尊を拝みにこられたのだ」

「御本尊を。なぜでございます」

あまりの必死さに、寺男は呑まれてしまう。

「娘さんの祥月命日には、必ず詣でなさるのさ」

と、正直に告げた。

「娘の祥月命日」

おたまはこぼしたきり、むっつり黙りこむ。

寺男はようやく不審を抱いたのか、おたまと背後に控える結之助をみくらべた。

「おぬしら、肥後屋さんとはどういう関わりだ」

「関わりなど、ありませんよ」

「何だと」

「もう結構です。おやすみなさい」

おたまは慇懃(いんぎん)な口調で言い、くるっと踵を返すや、山門まで駆けもどる。

「待て」

呼びとめても足を止めず、山門を潜って迂回路を戻りはじめた。

「おい、待てというのがわからぬのか。おぬし、何を怒っておる」

「うるさい、怒ってなどおらぬわ」

おたまは道端に唾を吐き、二股の道まで止まらずに歩いた。

「わたしは右、あんたは左」

そう言いのこし、どんどん遠ざかっていく。

深い闇の向こうには、秋葉権現(あきはごんげん)が控えていた。

「とりつく島もないとは、このことか」

結之助は溜息を吐き、細道をとぼとぼ歩きはじめる。

やがて、竹屋の渡しの舟灯りがぼんやりとみえてきた。

四

さらに翌夕、忠兵衛の使いと名乗る野良着姿の男がやってきた。

「おらは小梅村の百姓だ。萬亭の爺さまにゃ世話になっとる。あんたを呼んできてほしいと言付かったでな」

仕方なく従いていくと、鎧の渡しに小舟が待っている。

日本橋川をくだって箱崎から大川に漕ぎだし、昨夜と同じ川筋をひたすら遡上していった。

たどりついたさきは、向島である。

降りたったところも昨日と同じ桟橋、三囲稲荷の入口にほかならない。

野良着の男は鼻歌を歌いながら、細道をずんずん進んでいく。

そして、おたまと別れた二股の道は、曲がらずに直進した。

秋葉権現の手前には、『武蔵屋』や『大七』といった料理屋がある。

男は料理屋の狭間を抜け、孟宗竹の密集する竹林に分けいった。

「このさきに、忠兵衛どのはおられるのか」

「ああ、竹林の奥に庵があんだよ」

おたまは昨夜、忠兵衛の庵へ戻ったのだ。

男は足を止め、ずんぐりとした指を差す。

「あすこだよ」

庵はあった。古い茅葺きの家屋だが、茶室のようにおもむきがある。

「ほんじゃ、おらはここで」

野良着の男は横を向き、笹藪のなかへ消えてしまう。

結之助は簀戸を抜け、飛び石を伝って玄関へたどりついた。

軒下に掲げられた扁額には、太字で「萬亭」とある。

木槌で竹筒を叩くと、賄いの老婆が顔を出した。

「どなたさんで」

「朝比奈結之助だ。呼ばれたのでやってきた」

「え」

「聞こえぬのか、わしは朝比奈結之助だ」

「え」

老婆は耳を近づけ、何度も聞き返す。

奥から、嗄れた声が掛かった。

「おくめ、通してさしあげろ」

「へい」

婆め。

主人の声だけは、聞きとることができるらしい。

「さ、おあがりくだされ」

おくめ婆は、歯のない口で不気味に笑った。

庵は鰻(うなぎ)の寝床のように細長く、薄暗い。

忠兵衛は、奥の六畳間で待っていた。

床の間に掛かった軸には、水墨で竜が描かれている。

惹きつけられた。

「雨竜じゃ。わしが描いたのよ」

「お上手ですな」

世辞ではなく、本心からそうおもった。

「唯一のたしなみといえば水墨でな、雨竜ばかり描いておる。付けられた綽名が、雨竜の翁よ」

相槌も打たず、正面に座る。

歯抜け婆が、酒肴を運んできた。

「色気はひとつもないが、おくめ婆のつくる肴は絶品じゃぞ」

「はあ」

「ところで、肥後屋清七をつけたそうじゃな。おたまは何も言うてくれぬ。それゆえ、おぬしに足労してもろうたのよ」

「されば」

昨夜の経緯を、結之助はかいつまんで告げてやる。

忠兵衛は酒を嘗めながら、黙って耳をかたむけていた。

「ふうん、肥後屋が延命寺に詣でたとはな。しかも、寺男は昨日が娘の祥月命日だと、そう申したのか」

「はい」

「なるほどの。それでわかった」

「何がわかったのです」

「おたまが黙りをきめこんだ理由じゃ。おたまは捨て子でな、十七年前、延命寺の山門に捨てられておったところを、たまさか、わしの家来に拾われたのじゃ。

珠のような赤ん坊でな、それゆえ、わしがおたまと名付けた」

忠兵衛は腰をあげ、文箱をだいじそうに抱えてくる。

蓋を開けると、黄ばんだ文が一通出てきた。

「これはな、おたまを拾ったときに添えてあった置き文じゃ」

促されるがままに、結之助は文面を読んだ。

――球磨の青井さんから七軒茶屋の金比羅さんへ、産土神のご加護のあらんことを。

とある。

「みてのとおり、蚯蚓ののたくったような女人の筆じゃ。七軒茶屋の金比羅さんというのはわからんが、球磨の青井さんとは人吉藩の領内にある氏神のことらしい」

「人吉の氏神が、娘の産土神だと仰るのですか」

「そうじゃ。肥後屋清七は山門で拝んでおったと申したな。山門に捨てられたおたまと関わりがあるのさ。そのことに、おたまが気づきよった。ま、遅かれ早かれ、こうした日が来るとはおもうておったが、何やら、因縁めいたはなしではないか。のう、そうはおもわぬか」

頭が混乱してきた。

結之助は、わざとらしく溜息を吐く。

「たとい、因縁があるにせよ、わたしには関わりのないこと。やはり、この一件に深入りする理由がござりませぬ」

「まあ、よいではないか。そう、固く考えるな」

「いいえ。これきりにさせてはもらえませぬか」

結之助の強情さすらも、忠兵衛は気に入っているようだ。

「途中で放りだすのか。それはできぬぞ」

「何ゆえに」

「おぬしの迷いがな、手に取るようにわかるからよ」

「迷ってなど、おりませぬ」

「いいや。迷うておる。おぬしは、愛宕山でわしを助けた。余計なことをしたと、悔いておるのじゃろう。なれど、これもまた因縁なのさ。おぬしもおたまも、因果の糸車に手繰(たぐ)りよせられたにすぎぬ。望むと望まざるとにかかわらず、おぬしはこの一件から逃れられぬ。運命(さだめ)とおもうて、すっぱりあきらめよ。何人(なんぴと)も運命からは逃れられぬのじゃ」

わかったようで、わからないはなしにもかかわらず、妙に納得してしまうから不思議だ。

「そういえば、毛坊主どもの根城がわかったぞ。新宿角筈の十二社じゃ」

「それがどうしたと、仰るのです」

「莫迦者、おぬしは毛坊主をふたり葬った。いかなる事情があったにせよ、殺生をやってはならぬ。逝った者への供養だとおもい、角筈の十二社を調べてみよ」

腹は立ったが、口答えしてもつまらない。

結之助は返事もせず、萬亭を辞した。

この期におよんでも、肝心なことを聞きだせずにいる。

忠兵衛とはいったい、何者なのか。

八十にならんとする剣客の正体だけでも知りたいと、結之助は痛烈におもった。

五

結之助は嫌々ながらも、内藤新宿まで足を延ばした。

甲州街道と青梅街道の追分を越え、数丁ほど西へ向かう。

角筈村の熊野十二所権現社は菜摘みの名所として知られ、雛祭りの時季には大勢の行楽客で賑わった。かつて、ここには毛坊主たちの村があったという。角筈というめずらしい名は、坊主たちの携えた錫杖代わりの角筈、すなわち、鹿角の杖からきているらしい。

広々とした境内には横長の広大な池があり、池畔に植わった松林が風に揺れている。

結之助は手に余ると判断し、霜枯れの紋蔵に助力を請うた。

そもそも、探索は得手ではない。

「餅は餅屋さあ」

紋蔵はそう言い、快く引きうけてくれた。それどころか、すでに、ひととおりの調べを済ませており、結之助よりもこの一件に詳しいほどだった。

「十二社の池畔にゃ、道心者が身を寄せる宿坊がある。人吉の毛坊主たちも紛れているにちげえねえ。ただ、そいつらの見分けがつくかどうかだな」

「ひとりは腕に金瘡を負っている」

「爺さまが斬ったんだろう。でもよ、怪我した坊主がいねえときはどうする」

「こっちのすがたを晒してやればいい」

「なるほど、敵さんのほうから挨拶に来させるって寸法か。へへ、命がいくつあっても足りねえや」

「申し訳ないとおもっている」

「なあに、気にするこたあねえさ。いざとなりゃ、すたこら逃げりゃいいんだ。こうみえても、逃げ足だけは速くてな。相手が忍びだろうと何だろうと、追いつかれねえ自信はある」

頼もしいかぎりだが、やはり、巻きこんでしまったことを後悔している。

「でもよ、毛坊主どもより気になるのは、居合の得意な爺さまのことだ。でえち、八十なんだろう。隠居の道楽にしちゃ、ちと危なすぎねえか。まっさきに、爺さまの素姓を洗っといたほうがいいぜ」

もっともなはなしだが、わざわざ調べるのも億劫だ。

「素姓を明かしたくなったら、自分から喋るだろうさ」

それまで待ってみてもよかろうと、結之助はおもう。

「あいかわらず、のんびりしてやがる。ま、せかせかしねえところがおめえさんの美点かもしれねえ。ともかくよ、こいつは乗りかかった船だ。仕舞えまできっちり、付きあってやろうじゃねえか」

「すまぬ」

ふたりは宿坊とおぼしき家屋をみつけ、足を踏みいれた。

薄汚い恰好の番人が無表情で出迎え、手の平を差しだす。

「十六文」

仏頂面で吐かれ、紋蔵は渋い顔になった。

「ふん、湯銭といっしょじゃねえか」

銭さえ払えば、番人はいっさい関わりを持たない。

木賃宿とのちがいは、屯している連中が有髪の僧ばかりということだ。

「いいや、そうでもなさそうだぜ」

行商人らしき男がひとり、大部屋の片隅に座っている。

道心者がほかに五人ほどいたが、みな、気怠そうにしていた。

猛暑にやられて干涸びないように、じっと目を閉じている。

殺気は微塵もなく、不快さだけが漂っており、ここに集う連中がわずかに覚醒するのは、池の表面を嘗めた風が生温い湿気を運んできたときだけだ。

紋蔵は板の間にあがり、行商人のそばに近づいた。

「定斎屋かい」

気さくに声を掛けても、反応すらしない。

「暑気払いは延命散。夏の盛りは定斎屋の稼ぎ時じゃねえのか。へへ、こんなところで油を売っていたら、稼ぎの手蔓を失うぜ」

「余計なお世話だ」

「おっと、喋ったな」

「教えてやろう。この宿坊で嫌われるものがふたつある。糞溜から飛んできた銀蠅と、銀蠅なみにうるせえ客だ」

「おれさまのことを銀蠅呼ばわりしやがったな。やい、定斎屋、知ってることを喋ってくれたら、延命散を二十包ほど買ってやってもいいぜ」

「二十包」

「けっ、目の色を変えやがった。ほれよ」

紋蔵は冷笑し、一朱銀を指で弾いた。

定斎屋はこれを受けとり、何でも聞いてくれという顔をする。

「おめえ、ここにとぐろを巻いて何日になる」

「四、五日だな」

「それなら、ちょうどいい。腕に金瘡を負った毛坊主が来なかったかい」

「来た」

「ほ、そうかい」

「一昨日の晩、毛坊主が三人やってきた。そのうちのひとりが辻斬りに斬られたそうで、高熱を出していた」

「なあるほど」

紋蔵は相槌を打ちながら、結之助をちらりとみる。

定斎屋はつづけた。

「連中、翌朝にはいなくなった」

「何か、喋っていなかったかい」

「さあ」

定斎屋は、わざとらしく考えこむ。

紋蔵は舌打ちし、小粒をもう一枚弾いた。

歯切れの悪い舌が、途端に滑らかになる。

「三人は額を寄せ、一晩中（よっぴて）、ぼそぼそ喋っていたよ」

「ほう、どんなことを」

「よからぬ相談さあ」

定斎屋は、一段と声を落とす。

「二十三日の晩、愛宕山の前夜祭があるだろう。そのとき、名越(なごし)の祓(はら)いをするとか言っていた」

「名越の祓いは晦日(みそか)じゃねえのか」

「符牒(ふちょう)さ。毛坊主どもはどうやら、大勢の流れ者を掻きあつめているらしい。百姓や浪人、いずれも食えない連中ばかり、三百人はくだらないと言っていたな」

「集めてどうする」

「おおかた、江戸で騒ぎでも起こそうと、企んでいやがるんだ。名越の祓いってのは、打ち毀(こわ)しの符牒なのさ。二十三日の晩、どこぞの金糞垂れの金蔵が襲われるにちげえねえ」

毛坊主たちが暴徒を煽動(せんどう)し、商家の打ち毀しをやらかそうとしているのだ。

「ふん、ざまあみろってんだ。商人の蔵を襲い、金品を奪う。連中、それが功徳(くどく)とでもおもってんだろうよ」

「襲われる商人の名は聞こえたのかい」

「いいや、そこまではな」

「どうして、お上に訴えねえんだ」

「訴えて何の得がある。金糞垂れの蔵なんぞ、毀されちまえばいいんだよ」

定斎屋は乱暴に言いはなち、ふっと笑みを漏らす。

「てめえ、何が可笑(おか)しい」

「別に。ただ、この糞暑いのにご苦労なこったとおもってね。あんたら、毛坊主たちを捜して、どうするつもりだい」

定斎屋は紋蔵の肩越しに、結之助を睨みつけた。

結之助は黙ったまま、くるっと背を向ける。

紋蔵とふたり、暑苦しい宿坊をあとにした。

「よう、ひなげしの。あの定斎屋、どうおもう」

「どうって」

「あいつは偽者だぜ」

「ほう、なぜわかる」

「定斎屋にしちゃ、肌の色が白すぎらあ」

敵は網を張って待ちかまえていたと、紋蔵は確信を込めて言う。

「でもよ、連中の狙いがはっきりしねえ。愛宕山の前夜祭に、どっかで打ち毀しがあるとでも、おもわせてえのかもな。どっちにしろ、おれたちを混乱させようって腹さ」

何のために、そのようなことをするのだろうか。

「へへ、おもしれえことになってきたぜ」

岡っ引きの好奇心が疼くのか、紋蔵は舌なめずりをしてみせた。

六

波風も立たず、数日が過ぎた。

あいかわらず、雨の気配はない。

「ええ、ひゃっこい、ひゃっこいよ」

冷水売りの売り声が、露地裏に響いている。

茹だるような暑さだ。三伏の猛暑のなか、賑わいをみせるのは「土用の丑」という看板を掲げた鰻屋くらいのものだろう。

向島の庵からも、使いは来なくなった。

心待ちにしているわけではないが、どことなく淋しい気分だ。

このまま何もなく過ぎてしまえば、秋風の吹くころには愛宕山の出来事も忘れてしまいそうだった。おたまの顔も浮かんでこないし、抜け荷の探索もやる気にならない。

唯一、忠兵衛の怒った顔だけが浮かんでは消えた。

不義理をしている心苦しさが日を追うごとに募る。

――おぬしは馬の骨ではない。雨竜じゃ。……わしは、おぬしに雨竜の相をみたのじゃ。……ゆえに、こうして、助力を請うておる。

その台詞が脳裏を駆けめぐっていた。

雨竜とは、自在に雨を呼ぶ雨乞いの竜、旱天に慈雨をもたらす恵みの神だという。

――おぬしの流した涙に、雨竜のすがたをかさねあわせたのよ。

とまで忠兵衛は言い、器量を見込んでくれた。

嬉しかった。

誰かに必要とされたことが、結之助は嬉しかったのだ。

十余年前、激情に駆られて右腕を断った。そのことを後悔したことはない。

ただ、すべてが夢だったのではないかと錯覚することはままあった。恐る恐る右腕に触れた途端、うつつに引きもどされ、胸に一抹の虚しさが去来した。

家を捨て、藩を捨て、故郷を捨て、最愛の娘までも捨て、何もかも捨てて旅に出た。漂泊の空に故郷の山河を浮かべるとき、どうしようもなく泣けてきたのをおもいだす。

右腕を断つことで、いったい、何をしめそうとしたのだろうか。

無論、藩主の翻意を促したかった。

妻を守ろうとしてやったことなのだ。

偉そうにふんぞりかえった連中に、底意地をみせてやりたかった。

しかし、それだけだろうか。

もっと別の何かを、多くの人々に訴えたかったのではあるまいか。

わからない。

ひとつだけ言えるのは、腹を切らずに腕を断つという道を選んだことだ。

死にたくはなかった。どうにかして、生きながらえようとおもっていた。

そして、裁かれて死ぬにせよ、しでかしたことの結末を見極めてから死にたいとおもった。

腕を断って助けられたあとも、死なずに済むのではないかという、一縷(いちる)の望みを抱いていた。

生かしてもらえるのならば、這いつくばってでも生きぬきたい。

そう、神仏に祈念した記憶がある。

いずれにしろ、自分のやったことを後悔したことはなかった。

ところが、妻を失った途端、右腕を断った理由も忽然と消えた。

途方に暮れ、しばらくは生死の狭間を彷徨った。

それでも、生きる道を選んだのは、自分のぶんまで生きてほしいと、妻がいまわに囁いたからだ。

が、それだけではない。

この世への断ちきりがたい未練があった。

雨上がりの杣道や日だまりに咲く蓮華草、そよ風に靡く青田や海原に夕陽の転びおちるさま、花木や風、肌で感じる季節の移りかわり。生きてさえいれば、そうした風物に喜びを感じることができる。

生きてさえいれば、きっとよいこともあろう。

自然に癒されながら旅をつづけるうちに、もっと生きたいと強く願うようになった。

そのころからかもしれない。

誰かに認められたいという願望が、心の片隅に芽生えた。

それは、手柄をあげて上役に褒められたいとか、出世を遂げて一族の誉れになりたいとか、そうした願望とはまったく異質の感情だった。

誰かに、剝きだしの自分を認めてほしかった。

こっちを向いて、ちゃんとみてくれ。

血を吐くようなおもいで、叫びたい衝動に駆られたのだ。

自分を雨竜に喩(たと)えてくれた忠兵衛には、正直な感情をぶつけてもよいような気がしていた。

しかし一方で、素直になることができない。

何かを命じようとする者の傲慢(ごうまん)さが、肌に合わないと感じるからだ。

安直な正義を振りかざされても、事を成し遂げようという気持ちにはならない。

もっと奥深い何か、心の奥底に隠れた憤怒(ふんぬ)の情を衝(つ)きうごかされるような、何かが欲しい。

ひなた屋の軒先から、鰻を焼く匂いが漂ってきた。

おふくがおせんや見世の娘たちに手伝わせ、鰻の蒲焼きを七輪(しちりん)で焼いている。

美味そうな匂いに誘われ、隣近所の顔馴染みが集まってきた。

蔭間の京次もいれば、川獺先生こと馬医者の甚斎もいる。

できたての蒲焼きを頬張り、冷や酒を酌み交わしながら談笑していた。

そこへ、紋蔵が眩しげな顔でやってきた。

「こう暑いと、干瓢になっちまうぜ。ほう、鰻か。やっぱし、土用は鰻だよな」

おふくとおせんに微笑みかけ、結之助のかたわらにやってくる。

「へへ、おもしれえことがわかったぜ。肥後屋を張っても埒があかねえ。だから、目先をちょいと変えてな、田村又一郎っていう人吉藩の納戸方を張ったのよ。そうしたら、あの野郎、ついに重い腰をあげやがった」

昨夜のことだ。田村は本湊町で荷積みを検分したあと、ひとりで高輪の船宿まで足を延ばした。やがて、半刻ほども経ったころ、供侍を随伴させた宝仙寺駕籠が一挺あらわれ、頭巾頭の偉そうな侍が降りてきた。

「黒幕にちげえねえ。おれは咄嗟に、そうおもったね。お忍び駕籠で高輪くんだりまで足を運ぶくれえだ。きっと、抜け荷に関わる密談をやりにきたにちげえねえ」

紋蔵は黒幕の正体を掴もうと、息を殺して張りこんだ。

ところが、田村又一郎は夜中に宿から出てきたが、肝心の黒幕らしき人物はいっこうにあらわれない。どうやら、お気に入りの芸者を呼んであったらしく、朝までしっぽり濡れるつもりのようだった。

「出てきたのが明け六つまえよ。後朝の別れというやつさ。こちとら、欠伸を百回はさせられたぜ」

「それで、素姓はわかったのか」

「おおわかりだよ」

駕籠はまっすぐ、愛宕下の大名屋敷へ向かった。

芝神明から露月町までたどりつき、ひょいと曲がったところは神保小路、駕籠は裏の搦手に吸いこまれていった。

「どこの藩邸だとおもう。宇土藩細川家三万石だよ」

人吉藩と同じく肥後の大名で、熊本藩五十四万石の分家筋にあたる。

「神保小路を西へ行けば、大名小路に突きあたる。辻を左手に曲がって桜川を越え、藪加藤の裏道から溜池をめざせば、人吉藩の上屋敷へたどりつくって寸法さ。つまり、宇土藩とは目と鼻のさき、用事があるんなら何も高輪の船宿で会う必要もねえ」

人吉藩の納戸方が繋がっていたのは、自藩の重臣ではなく、宇土藩の重臣だった。それゆえ、容易に尻尾をつかめなかったのだと、紋蔵は自慢げに言う。

「お偉いさんの素姓も聞いたぜ。門番を誑しこんでな。へへ、聞きてえか。そいつは次席家老の隈沢頼母ってやろうだ」

もともとは、宗家の熊本藩細川家から寄こされた遣り手らしい。宇土藩の家老どころか、熊本藩の家老職をも狙う野心家だった。

「そいつが人吉藩の連中を使って、抜け荷の利益を吸いあげていやがるのさ。すぐに知らせてやりたかったが、廻り方の旦那に野暮用を頼まれてな。へへ、どうする。このはなし、向島の爺さまに教えてやらなくていいのかい」

「ふむ」

さっそく、教えてやらねばなるまい。

昂揚した面持ちで、やおら腰をあげる。

「ちょいと、あんた。鰻を食べてからお行きなさいな」

おふくの誘いをやんわりと断り、結之助はどぶ板を踏みしめた。

七

向島の「萬亭」まで、結之助はひとりでやってきた。

忠兵衛に逢い、抜け荷の探索を放っておいたことを詫び、紋蔵の仕入れたはなしを伝えたかった。そして、引きつづき調べを依頼されるようなら、拒まずに引きうけようとおもった。やはり、七十九にしてもなお世の中の不正をあばこうとする姿勢は、尊敬に値する。せっかく繋がった忠兵衛との縁を切りたくはなかった。

陽が翳(かげ)りはじめていた。

簀戸門を抜けると、白い花が目にはいった。

「夕顔か」

暗闇のなかでひっそりと咲き、朝になれば萎んでしまう。

儚(はかな)い花の命が、みずからの人生と重なった。

木槌を手に取り、竹筒を叩く。

表口の扉が音もなく開き、老婆が皺顔を差しだした。

おくめだ。

「どちらさまかね」

ずいぶん低い声で尋ねられた。

どうせ、聞こえはすまいとはおもいつつも、名を名乗り、亭主への案内を請う。

「少しお待ちを」

意外にも返事があった。

妙だなと察した刹那、殺気が膨らんだ。

老婆の胸元から、白刃がしゅっと伸びてくる。

わずかに早く、結之助は同田貫を抜きはなった。

「つおっ」

微塵の躊躇もない。

上段から、脳天に叩きつける。

「ぶひぇっ」

老婆の面が左右に割れ、白目を剝いた髭面があらわれた。

巧みに化けたものだ。

髭面の男は血を吐き、後ろに倒れていく。

庵の周囲から、人影がむっくりあらわれた。

「南無阿弥陀仏、南無阿弥陀仏」

死者を弔う阿弥陀経が、地の底から響いてくる。

忠兵衛とおくめ婆の身を案じつつ、結之助は簀戸門へ走った。

ひょっとしたら、ふたりは殺められたのかもしれない。

えも言われぬ怒りが、沸々と迫りあがってきた。

怒りは我を忘れさせる。

結之助の顔は、地獄の獄卒と見紛うばかりの形相となった。

だが、ひとつ命を絶つごとに、心は月のごとく冴えていく。

怒った目、怯えた目、迷いのある目。相手の目をみれば、たちどころに心の動きがわかる。つぎの一手が読めるのだ。

白刃を抜かずとも、鞘の内で勝負は決していた。

結之助の目には、相手の動きが止まってみえる。

立木を相手にしているようなものだった。

「ぬげっ」

またひとり、毛坊主がもんどりうった。

結之助は低い姿勢で走りぬけ、竹林に敵を誘いこむ。

「追え、逃がすな」

もとより、逃げる気はない。

敵の数も思慮の外。何人いようが、斬りかかってくる者を斃すだけのはなしだ。

孟宗竹の生えた林のなかは、大勢を相手にするのに都合がよい。

ただし、敵は身軽な連中だった。

殺気は空からも降ってくる。

「死ね」

何本もの孟宗竹が撓り、びゅんびゅん音を起てるたびに、白刃がすぐそばを擦りぬけた。

「んぎゃっ」

屍骸が足許に転がる。

「怯むな。掛かれ」

左右からも、毛坊主どもが殺到した。

「うっ」

結之助は鬢を削られ、地べたに片膝をつく。

いったい、どこにこれだけの数が隠れていたというのか。

あらためて、敵の多さに瞠目する。

まるで、黒い旋風が竹林を縦横に縫い、結之助の周囲で渦を巻いているかのようだ。

しかし、空鈍流の刃にかなう者はいなかった。

「ぎぇええ」

断末魔の叫びが途切れ、唐突に静寂が訪れた。

もはや、掛かってくる人影はない。

点々とする屍骸を跨ぎこえ、微かな息遣いのするほうへ足を向けた。

古杉の木陰だ。骨のような根っ子が地表に隆起している。

深手を負った男がひとり、幹に寄りかかっていた。

「おい」

呼びかけると、力のない眸子を向ける。

有髪の道心者ではなく、五分月代に髷を結っていた。

四角い顔にぎょろ目、いちど目にしたら忘れられない顔だ。

「本湊町の桟橋におったな。おぬし、沖仲仕の差配人か」

「そ、そいつは……か、仮のすがたさ。わ、わしは人吉の……ね、寝返り坊主よ」

「おぬしが頭目なのか」

「わしのはずが……あ、あるものか……お、おぬしは強い……だ、だが、頭目にはかなうまい……か、覚悟しておけ」

むぎゅっという音が聞こえ、男は舌を嚙みきった。

結之助は為すすべもなく、呆然と立ちつくす。

溢れる涙を、どうすることもできなかった。

ざわめく竹林の先端を仰げば、欠けゆく月が悲しげな顔をのぞかせている。

暗闇の奥に、ぽつんと提灯が点った。

「ん」

身構える結之助のもとへ、行商人風の男がやってくる。

まちがいない。十二社で見掛けた定斎屋だった。

「殺生をしたな。さあ、案内つかまつろう」

武家の口調で慇懃(いんぎん)に発し、皮肉めいた笑みを浮かべる。

何者なのだ。

もはや、敵か味方かもわからない。

疲れきっている。問いかけるのも億劫だ。

結之助は俯き、重い足を引きずった。

八

小舟を使って大川を一気に下り、築地明石町の桟橋で降りて芝口へ向かう。

橋を渡った南側一帯は大名屋敷の集まる愛宕下、豪壮な棟門の立ち並ぶ野太い大路が南北に延び、藪小路や田村小路といった俗称の冠された東西小路が肋骨のように交叉していた。

暗くなれば出歩く者もいない。辻番所の灯りが点っているだけで、物淋しい印象だった。

月影に照らされたふたつの人影は幸橋御門を背にしつつ、南へ向かっている。

左手東側の奥には芝口からつづく東海道が走り、さらにその奥には広大な浜御殿があった。西側でひとつ目の辻を右手に曲がり、佐久間小路を溜池方面に向かえば、人吉藩の上屋敷がある藪小路に至り、一方、東側で三つ目の辻を左手に曲がって神保小路を進めば、宇土藩の上屋敷に至る。

定斎屋は佐久間小路も神保小路も通りすぎ、西側で三つ目の辻を右手に曲がった。

薬師（やくし）小路である。

「このさきで、大殿がお待ちかねだ」

「大殿とは」

「行けばわかる。おまえさんは見事に修羅場を切りぬけた。大殿の期待に応えたということさ」

「験（ため）したのか」

「まあ、そう尖るな」

定斎屋は、暗闇のなかで笑った。

「おぬしほどの剣客は、江戸広しといえどもざらにはおらぬ。しかも、隻腕だ。心に痛みを抱えておる。人の痛みがわかる者でなければ、厳しいおつとめは任されぬ。大殿はさように仰（おお）せだ」

「おつとめとは何のことだ」

「ご本人にお聞きしろ。ほら、あそこ」

薬師小路の行く手に、提灯のかぼそい光が揺れている。

合図を送っているのは小柄な老爺で、かたわらには老婆が佇んでいた。

老爺は忠兵衛、老婆はおくめにほかならない。

ふたりの無事がたちどころにわかった瞬間、全身から力が抜けていくのを感じた。

それほど、ふたりの身を案じていたのだ。

「朝比奈結之助、よう来た。おぬしなら、難所を越えてくるとおもうておったわ」

忠兵衛は左手に提灯を持っていた。右腕は晒しでぐるぐる巻きにされ、首から手拭いで吊ってある。

結之助は、目を怒らせた。

「怪我をなされたのですかっ」

「不覚をとった。誰にやられたとおもう」

「さあ」

「毛坊主の頭目よ。強いぞ。おぬしとて、五分に渡りあえるかどうか。ふふ、詳しいはなしは屋敷でな」

「え」

忠兵衛の真横には、大名屋敷の正門がでんと控えている。

「では、拙者はこれにて」

定斎屋は一礼し、足早に去っていった。

忠兵衛が笑う。

「あやつは青柳兵庫、大目付の隠密じゃ」

「え」

結之助は、問いかけることばも忘れた。

「ふはは、驚いておるのか」

忠兵衛は正門に近づき、塀際を提灯で翳してみせる。

百日紅とおぼしき滑らかな木が、満開の花をつけていた。

「わしが植えさせたのよ。花の色をよおくみてみろ。紅ではなく、紫がかっておろう。これは紫薇というてな、わざわざ唐土から運ばせたものじゃ。ほほ、見事であろうが。この木にあやかって、薬師小路を紫薇小路と呼ぶ者もおる。魚のシビになぞらえて鮪小路なぞと戯れる不心得者もおるがな、紫薇は死日に通じるゆえ、藩邸の者はこの木を毛嫌いしておる。のほほ、若い連中は、紫薇が魔除けの木であることを知らぬのよ。ま、従いてくるがよい」

講釈好きな老人は先に立ち、門脇の潜り戸を抜けていく。

躊躇していると、おくめ婆に背中を押された。

誰何する者とていない。

ここが誰の屋敷なのか、結之助には見当もつかなかった。

門の内に踏みこんでからは、夢見心地で表玄関まで進んだ。

先導役は忠兵衛で、おくめ婆は守護霊のように従いてくる。

玄関にはいると、利発そうな小姓が待ちかまえていた。

小姓だけではない。

恰幅のよい老臣が裃の衣擦れも忙しなく、慌てた様子でやってきた。

「大殿、これはどうしたことでありましょう」

老臣は上がり端の手前で袴の裾を折りたたみ、床に三つ指をつく。

「向島の庵にて手傷を負われたと聞きおよび、この監物、銭瓶橋の御上屋敷より、急ぎまかりこした次第にござりまする」

「だいじない。わしのことより、忠雅どのは息災か」

「は。寺社奉行の御職を賜ってからはご多忙の日々を送っておられまするが、おからだはいたって頑健であられまする」

「生臭坊主の相手は骨が折れよう。おぬしが充分に補佐してやれ」

「もとより、かしこまってござりまする。あの、大殿」

「何じゃ」

「そちらの御仁は」

「みたとおりの浪人者じゃ。文句でもあるのか」

「い、いえ」

「またぞろ、珍妙な輩を拾ってきたと勘ぐっておるのであろう」

「はあ」

「ちょうどよい。おぬしも同席せよ」

結之助は、中庭のみえる奥座敷に通された。

書院造りの床の間には、野太い筆で「常在戦場」と書かれた軸がさがっている。

そして、ここにもまた、雨竜の描かれた水墨画が飾ってあった。

忠兵衛が描いたにちがいない。

画を眺めていると、何やら誇らしげな気分になった。

中庭からは、山梔子の芳香がただよってくる。

色はみえぬが、芳香だけは濃厚にただよっているのだ。

おくめ婆はいつのまにか、すがたを消していた。

忠兵衛は上座に腰を落ちつけ、かたわらに老臣が侍る。

襖がするすると開き、さきほどの小姓が茶を運んできた。

忠兵衛はずるっと茶を啜り、笑みを浮かべながら口火を切った。

「さて、あらためて紹介せねばなるまい。その浪人は朝比奈結之助、隻腕の剣客じゃ」

老臣が、ぱしっと膝を叩く。

「なるほど、聞きおよんでおりますぞ。愛宕山の助っ人でござるな」

「さよう、命の恩人よ」

「されば、拙者も名乗らぬわけにはまいりますまい」

老臣は胸を張り、朗々と発した。

「拙者、越後長岡藩の江戸家老、佐久間監物にござる」

結之助はおもわず、左手を畳についた。

すぐには、頭をあげられない。

越後長岡藩七万四千石といえば牧野家、先代の九代藩主忠精は名君の誉れも高く、幕閣の老中までつとめた人物であった。

してみると、ここは牧野家の中屋敷であろうか。まちがいあるまい。

そして、江戸家老の佐久間に「大殿」と呼ばれる人物こそが屋敷の主人、忠精そのひとなのだ。

合点がいった途端、毛穴から汗が吹きだしてきた。

「よいよい、堅苦しい挨拶は抜きにせよ。わしは萬亭の隠居じゃ。のう、結之助。これまでどおり、忠兵衛と呼んでくれ」

正体がわかった以上、気軽に呼べるものではない。

雲のうえに住む仙人と喋っているようなものだ。

「さて、本題にはいろうかの」

仙人は脇息から身を乗りだし、真顔で吐いた。

九

水を得た魚のように喋る忠兵衛は一段と若々しく、華やいでみえるうえに、隠然とした迫力をも感じさせた。

権力の座にあった者の風圧とでもいおうか。

結之助は風圧を真正面から受け、萎縮するおもいであった。

「そもそも、この一件は大目付の筋からもたらされたはなしじゃ。藩の存亡にも関わってくるやもしれぬゆえ、表沙汰にはしたくないのであろう。厄介事がこうして、時折、わしのもとへ降ってくる。八十の年寄りを頼りおって、情けない連中じゃが、どうにかしてほしいと泣きつかれれば、せぬわけにはいくまい。大御所となられた家斉公より直々のご奔命とあれば、歳のせいにして峻拒いたすのも憚られよう」

仙人が雲のうえから喋りかけてくるとしか、結之助にはおもえない。

大御所家斉が「人吉藩に抜け荷の疑いあり」と知ったのは、たまさか、目安箱に投函された古い訴え状を読んだからであった。

将軍の職にあるときは、尊大不遜を画に描いたようなところがあり、大好きな食事の献立表には目をくれても、目安箱をまともに覗いたこともなかった。ところが、大御所に退いて暇を持てあますようになってからは、新将軍を差しおいて目安箱を覗くなどし、政事を司る者は下々の不平不満に耳をかたむけねばならぬなどと、周囲に教訓を垂れているのだという。

気儘な奔命が下ると、ただでさえ忙しい大目付や目付や三奉行は頭を抱えねばならなくなる。そこで、みなで額をつきあわせ、あれこれ智恵を絞ったあげく、若い時分から家斉のおぼえめでたき牧野の隠居に厄介事を押しつけようと、相談がまとまったらしかった。

そうした経緯が長々と語られるあいだも、結之助は宙に浮かんでいるような気分だった。

ところで、抜け荷の一件を目安箱に訴えたのは、人吉藩の勘定方であったという。

調べてみると、その平役人は十七年もまえに不審死を遂げており、家名も断絶の憂き目をこうむっていた。そればかりか、訴えられた当時の人吉藩次席家老もすでに、この世の人ではなかった。

大御所が手に取って読んだ訴え状は、十七年もむかしのものだったのである。ところが、家斉にしてみれば、新しいも古いも関係なかった。不正のあった事実が許せない。それを見逃し、放っておいた連中の無神経ぶりが許せない。自分の無責任ぶりは棚にあげ、怒りにまかせて大目付を呼びつけるや、何とかせいという鶴の一声を発したのだ。

叱責された大目付は、鶴の一声を携え、忠兵衛に泣きついてきた。

「そこで、わしは重い腰をあげた」

十七年も経っているので、よもや、抜け荷の不正はあるまい。

そう、高をくくって調べてみると、抜け荷は主役を替えた恰好で営々とつづけられていた。訴えたほうも、訴えられたほうもこの世にいない。そんな古い訴え状が、奇妙なことに日の目をみることとなった。

「ふぉ、ふぉ、大御所さまは、わしの歳を忘れてしまわれたのかもしれぬ。六十九で老中に再任され、七十二で御職を辞した。天保二年のことじゃ」

家斉は五十九、在位四十四年の長きにおよんでいた。

「そのとき、わしは上様に歳を糾され、十ばかりさばをよんでお応えした。戯れたつもりであったが、ご信じになられたのやもしれぬ。備前は使い減りのせぬ男ゆえ、死ぬまで扱きつかってやろうとでもお思いなのじゃろう。ぬははは」

忠兵衛は何やら、楽しそうであった。

迷惑なふりをしてみせても、頼りにされていることが嬉しいのだ。

「無論、老いを理由に断ってもよいのじゃが、この一件には断れぬ事情がある。おたまじゃ」

「え」

おもわず、結之助は声を発する。

「以前にも、はなしたであろう。おたまは捨て子じゃった。置き文の文面から推すに、人吉の者が関わっておった。十七年前、おたまを拾った男が、そこに座っておる佐久間監物よ」

佐久間はなぜか、ぽっと顔を紅潮させる。赤面症なのかもしれない。

「そのころはまだ、勘定方の組頭じゃった。監物には特技があってな、三桁の掛け算と割り算を諳んじてみせるのよ。その才ゆえに、とんとん拍子の出世を遂げた。なれど、今にしておもえば、こやつの出世の道がひらけたのも、延命寺の山門にておたまを拾うてからじゃ。のう、監物」

「仰せのとおりにござりまする。拙者にとって、おたまは大吉のおみくじも同然」

「山門で拾うたに、おみくじはなかろうが」

「は、仰せのとおりで」

「捨てた親の気持ちも考えてみよ。罪深い所業じゃがな、子の延命を願って、わざわざ延命寺に捨てたのじゃ」

「は、承知してございまする。おたまは拙者にとって孫娘も同然、できれば、養女にいただきとうございました」

「あれが隠密になったことが不満なのか」

「い、いいえ。そのようなことは、けっして」

「わしとて、孫娘として育てたかった。されどな、蛙の子は蛙じゃ。あの娘には、間諜としての適性があった。おぬしもわかっておるはずじゃ。おたまは、生まれながらの隠密であった」

「は」

「まあよい。おたまを拾ったことも、育てたことも、すべては前世からの因縁に導かれてのことであったのやもしれぬ。このたびの一件は、どうあっても、わしが解決せにゃならん」

それはわかった。

が、なぜ、何の関わりもない自分を巻きこもうとするのか。

結之助の胸には、いまだに、不満が燻っていた。

「わからぬのか。この世には権謀術策がはびこっておる。無償で誰かの手助けをしてやろうとか、みずからの命を擲ってでも弱い者を救おうとか、そうしたことのできる者は皆無に等しい。わしの素姓を知ったうえで集う者たちは、みな、権力に媚びる手合いばかりじゃ。人並み優れた智恵者であろうが、天下無双の剣客であろうが、見返りを求める者は要らぬ」

それから、もうひとつ大切なことがあると言い、忠兵衛は優しげに笑いかけてきた。

「人の痛みがわかる者でなければ、人を裁いてはならぬということじゃ。おぬしほど、わしの条件に適う者はおらぬ。ただし、本人にやる気がなければ、はなしにならぬ。世を儚み、生きているのか死んでいるのかもわからぬ、人の情を失った木偶人形では困るゆえに、少しばかり験させてもらった。おもったとおり、おぬしは腕も胆も一級品じゃった。そうとわかれば、どのような手を使ってでも、配下にくわえたい。おぬしには、やってもらわねばならぬのさ」

「いったい、何をやらせようと」

「きまっておろう。悪党どもを斬ってすてるのじゃ」

忠兵衛は眦を吊り、ぐっと睨みつけてくる。

「よいか。甘い汁を吸う連中の陰には、明日をも知れぬ悲惨な暮らしを強いられた貧乏人たちが大勢いる。そうした連中の溜飲を下げてやるためにも、悪の根を断たねばならぬ。みよ、あの水墨を。わしの描いた雨竜じゃ。あれはおぬしよ。旱天の慈雨となれ。人々の渇きを癒すのじゃ」

　わけがわからぬままに、結之助は感極まってしまう。

　なぜ自分がという問いかけは、金輪際（こんりんざい）、口にすまい。

「わかってくれたようじゃな。ふふ、顔つきも変わりおった」

　忠兵衛は首をこきっと鳴らし、饒舌（じょうぜつ）にまた喋りはじめた。

「この一件の大筋は読めた。黒幕は宇土藩の次席家老、隈沢頼母じゃ」

　やはり、調べは済んでいるらしい。紋蔵の努力も無駄だったと知り、申し訳ない気分になった。

「隈沢は人吉藩納戸方組頭の田村又一郎を通じ、廻船問屋の肥後屋清七に抜け荷の品を扱わせた。それによって得られた莫大な利益をもって、宗家への復縁を果たすべく、熊本藩の重臣たちに多額の賄賂（まいない）をばらまいておるようじゃ。肥後屋はな、十七年前の抜け荷にも関わっておる。主人の清七は、本物の悪党じゃ。されどな、一筋縄ではいかぬのが世の常というもの」

　忠兵衛は苦りきった顔で、ふうっと溜息を吐いた。

「おたまが、消えおったのよ」

「え」

「拐かされたのではない。肥後屋の正体を知り、みずから消えたのじゃ」

大目付の間諜に調べさせてみると、肥後屋清七は人吉藩の元藩士で、親の代からタイ捨流の師範をつとめる家柄だった。ところが、本人は真宗門徒という裏の顔を持っていた。藩の役人にみつかれば、切支丹同様、火炙りの刑に処せられる。

「悲運を抱えた男じゃ」

忠兵衛は顔を曇らせ、真宗門徒が肥後でいかに虐げられてきたか、悲痛な歴史を滔々と物語った。

「そのあたりに詳しいのは、おくめ婆じゃ。婆も人吉の真宗門徒でな、生家が草の者の家系ゆえに、清七のこともはっきりと記憶しておった」

肥後屋清七の詳しい素姓は、どうやら、おくめ婆によってもたらされたらしかった。ただ、おくめがいつ、どういった経緯で萬亭の住人になったのかは、語られることもなかった。

清七はあるとき、真宗門徒であることを藩の役人に知られた。当然のごとく、死を覚悟したが、意外にも取引を持ちかけられた。寝返り坊主となって仲間を裏切れば、一族郎党の命は助けてやる。そう持ちかけられ、悩みぬいたあげく、転んでしまったのだ。

一族郎党の大半は、真宗と関わりがない。その者たちにまで累が及ぶのは、忍びなかったにちがいない。

清七は侍身分を捨てて商人となり、多くの門徒を寝返らせた。

そして、並々ならぬ剣術の腕を見込まれ、寝返り毛坊主の頭目となった。

手下は体術に優れた者たちばかりだったので、人吉藩の汚れ仕事を任された時期もあったらしい。と同時に、抜け荷にも手を染め、当時の次席家老であった重臣を大いに儲けさせてやった。勘定方の組頭が不正を知り、目安箱に訴えたのも、そのころのはなしだ。

ともあれ、清七はめきめきと頭角をあらわし、藩の御用達にまで駆けのぼった。

想像するに、金と力を手に入れてはじめて、実の娘への情がわいてきたのかもしれない。娘を捨てたことが悔やまれて仕方ないと、そうおもうようになったのだろう。

「さよう、清七はおたまの父親じゃ。おたまは十七年前、真宗門徒のおなごとのあいだにできた赤子でな。おおかた、清七は門徒でないことをしめす必要から、妻子を捨てねばならなかったのじゃろう」

捨てられた女は乳飲み子を抱き、肥後から江戸へ逃れた。そして、生きぬくことに絶望し、乳飲み子を捨てた直後、みずからは大川へ身を投げた。

　そのあたりの経緯は、佐久間監物が延命寺の住職から聞いたという。

　捨て子を拾った翌日、近くの堀川から女の水死体があがった。女の懐中から青井神社のお守りがみつかったので、母と娘の関わりが繋がったのだ。

　後日、そのあたりの経緯を聞きに、ひとりの男が延命寺を訪れた。

「清七じゃ。捨てた娘のことが忘れられず、八方手を尽くして捜しまわり、延命寺に行きついた。住職は『捨て子は死んでいた』と、清七に告げてくれた。まんがいちのこともあろうかと、わしが頼んでおいたのじゃ。わしはな、子を捨てるような親のもとへ、おたまを返したくはなかった。身勝手なはなしかもしれぬが、それでよかったとおもうておる」

　住職によれば、清七は娘が亡くなったと聞き、打ちひしがれた様子であったという。それが証拠に、多額の寄進を申し出、祥月命日には供養を欠かさぬようになった。

「過去のあやまちを悔いたとて、やってしまったことの取りかえしはつかぬ。敬（けい）虔（けん）な気持ちで供養をかさねたからというて、悪事が薄まろうはずもない。されど、これこそが因縁というものじゃろう。父親の執念が、娘を呼びよせたとしかおもえぬ。おたまは抜け荷に携わる張本人が自分の父親だと知り、居たたまれなくなったのじゃ」

結之助は、昂然と顎を突きだした。

「されど、ふたりが父娘だと判明したわけではございますまい」

「いいや、はっきりとわかった。清七本人が萬亭にあらわれ、公言しおったのよ。『おたまは自分の娘だ。額の痣が何よりの証拠、娘を返せ』と、あの阿呆はほざきよった」

おたまは、その場に居合わせた。部屋の片隅に隠れ、震えていたという。

「わしが峻拒すると、清七は脇差を抜きおった。躱す暇もなく、このとおり、右腕を浅く斬られたのじゃ。本気ならば、右腕を断たれておったわ。『自分たちには関わるな。抜け荷の探索から手を引くよう、大目付に強意見しておけ』と、清七は偉そうに吐きおった。そして、娘は必ず奪いにくると言いのこし、去っていった。その日のうちに、おたまは消えてしもうた。それが顚末よ」

ぶっと、忠兵衛は手鼻をかみ、懐紙で手を拭いた。

「ところで、抜け荷のからくりはわかっても、確乎とした証拠はない」

隈沢頼母と肥後屋清七、双方の関わりは証明できても、肝心の禁制品を押さえねばどうにもならぬ。

「悪事の証拠もなしに、人を裁くことはできぬ。ゆえにな、どうしても、取引の場を押さえたい」

抜け荷の品は上方（かみがた）より、おそらく、菱垣（ひがき）廻船に載せて運ばれてくるという。

「日付の見当はついておる。定斎屋に化けた青柳兵庫が探ってきよったのじゃ」

角筈の十二社で青柳が喋った内容は、嘘ではなかったらしい。

毛坊主たちは、暴徒を煽って商家の打ち毀しをやる企みを相談していた。隠密に嗅ぎつけられているのを察し、わざと筒抜けになるように喋ったのだ。

打ち毀しはあるにせよ、陽動の公算が大きい。

「二十三日の晩に抜け荷の取引があるものとみて、まず、まちがいあるまい」

知りたいのは、取引場所だった。江戸府内か、近接した海岸であろうが、広大すぎて一点に絞ることはできない。

「弱ったのう」

さすがの忠兵衛も、匙（さじ）を投げたような顔をする。

ふと、結之助の脳裏に、捨て子のむつきに添えてあった置き文の文面が浮かんだ。

——球磨の青井さんから七軒茶屋の金比羅さんへ、産土神のご加護のあらんことを。

ひょっとしたら、その文面に抜け荷の取引場所が隠されているのではないか。

「まさか、それはあるまい」

一笑に付したのは、佐久間監物であった。

「十七年もまえのはなしだぞ」

「待て」

と、忠兵衛が言う。

「わしも引っかかっておったのじゃ。球磨の青井さんはわかったが、七軒茶屋の金比羅さんは、どこにあるのかわからなんだ。なにゆえ、そのような謎めいた文面を残したのか。おもうに、自分と娘を捨てた清七への恨みから、人に告げてはならぬ秘密をしたためたのではあるまいか」

「されど、大殿。清七が仮に、そのころも抜け荷に関わっておったとしてもですぞ、十七年経った今でも、取引の場所が変更されておらぬとすれば、それは奇蹟としか言いようがござりますまい」

「逆も言えよう。十七年もみつからぬ場所であればこそ、容易に変更できぬのさ」

「ふうむ、なるほど。されば、その場所とはどこでしょうな」

「ひとつ、浮かんだぞ」

「それは」

「高輪大木戸の七軒茶屋よ。海沿いにはたしか、熊本藩の蔵屋敷がある」

「にゃっ、そこだ。大殿、大木戸のそばには、金比羅さんを祀る小さな祠(ほこら)がござりまする」

「よし」

来るべき日付と、向かうべき場所はきまった。

結之助の気懸かりは、おたまの消息であった。

十

水無月二十三日夜、高輪七軒茶屋。

忠兵衛は長岡藩の江戸藩邸から腕自慢を選別し、金比羅明神の周囲に網を張らせた。

忠兵衛本人は藩邸に待機し、采配は佐久間監物に一任されている。

佐久間は黒漆塗りの陣笠に羅紗の陣羽織を纏い、牧野家の家紋である三つ葉柏の刻印された陣太鼓を抱えていた。

「ぬはは、山鹿の陣太鼓じゃ」

と、豪語するところから推せば、大石内蔵助の気分らしい。

相手は主君の仇ではなく、抜け荷に手を染める連中だった。

「左内はどうした。左内はおらぬか」

佐久間が伝令を走らせると、ひょろ長いからだつきの月代侍がやってきた。

長岡藩筆頭目付、深堀左内である。

十文字槍の名手としても知られ、藩では「無双左内」と呼ばれていた。

なるほど、手には愛用の千鳥十文字槍を提げている。

この深堀が選りすぐりの抜刀隊を指揮していた。

佐久間は床几に座り、すっかり軍師の気分だ。

「左内よ、敵の影はないのか」

「ござりませぬ。浜にも沖にも、人影ひとつ見あたりませぬ」

「ふうむ。今、何刻（なんどき）じゃ」

「戌（いぬ）ノ刻（夜八時）を過ぎたばかりかと」

「もうしばらく、待ってみるか」

佐久間は口をへの字に曲げ、沖の漁（いさ）り火を睨みつける。

「では、失礼つかまつる」

深堀はお辞儀をし、去り際、結之助に目をくれ、にやりと笑った。

初対面なのに、馬が合う。おたがい、剣の厳しい修行を積んできた者同士だからか、似たような肌合いを感じるのだ。

深堀は十余の手勢を率いて前衛に陣を敷き、熊本藩の蔵屋敷を見張っていた。

一方、後方の本隊は、佐久間のもとに三十有余が控えている。

身に着けた装束も、手にした得物も派手だが、なにせ、実戦経験がない。

抜刀隊もふくめて、そこが心配の種だった。

戦術としては、敵の影を見極めたら好機をとらえ、まっさきに抜刀隊が斬りかかっていく。そして頃合いを見計らい、第二陣の本隊が怒濤（どとう）のように襲いかかるという段取りだった。

「これは戦（いくさ）じゃ。相手をみくびってはならぬ」

忠兵衛の命を忠実に守り、佐久間は石のごとく床几に座っていた。

そうかとおもえば、忙しなく動きまわり、まだか、まだかと、つぶやいている。

せっかちな性分らしい。一刻も早く決着をつけたくて、うずうずしているのだ。

藩士たちは、みな、一様に緊張した面持ちだった。

やはり、大捕り物に慣れていないせいだろう。

しかも、事は極秘裡に運ばねばならない。

そこが難しいところだ。

結之助のかたわらには、霜枯れの紋蔵がいる。

唯一、部外者で随行を許されていた。

忠兵衛がみずから逢い、その眼力で人物を見極め、助力を請うたのだ。

「屑みてえな岡っ引きによ、大殿さまは頭を下げなすったんだぜ。あれはきっと、夢だったにちげえねえ」

紋蔵は同じことを繰りかえしては、涙ぐんでいる。

すっかり、老練な狸爺に心酔してしまったようだ。

「それにしても、来やがるのかね。なにせ、十七年もむかしのはなしなんだろう。今もまだ、同じところで荷揚げをやっているんなら、そいつは奇蹟だぜ」

紋蔵は佐久間と同じ台詞を吐き、海岸に目をやった。

黒々と構えているのは、熊本藩の蔵屋敷だ。

立派な桟橋も築かれている。

金比羅明神の周囲には、まともな桟橋がない。

一斉に荷揚げができるところといえば、蔵屋敷の桟橋しかなかった。

屋敷内を調べてみると、番士数名が暇そうに留守番をしているだけで、なかば忘れられてしまったところのようだった。

しかし、結之助は素朴な問いを抱いた。

同じ肥後の小藩とはいうものの、他藩である人吉藩や宇土藩に荷揚げを許すのだろうか。

問いは、すぐに解決した。

藩ばかりか、旗本や商人であっても、熊本藩に利用代金さえ払えば桟橋と蔵を使わせてくれるというのだ。大藩といえども、そうやってやりくりしながら小金を稼がねばならない事情があった。

だからといって、今夜、この場所に抜け荷の品が運ばれてくるという保証はない。

まったくの無駄足に終わるかもしれないのだ。

昏(くら)い海は凪(な)いでいる。

佐久間のもとへ、注進があった。

蔵前の米問屋が暴徒に襲われているという。

毛坊主たちが先導し、打ち毀しをやらせているのだ。

町奉行所の捕り方はすべて、そちらに向けられたらしい。

そうなれば、敵のおもうつぼだった。

愛宕山では今も、年に一度の前夜祭が繰りひろげられている。

打ち毀しがあろうと、町ごとひとつ火事になろうと、祭がとりやめになることはあり得ない。凪ぎの海を眺めていると、打ち毀しや祭の喧噪など、夢の彼方の出来事としかおもえなかった。

佐久間は焦れている。

「あと半刻だ」

すなわち、亥(い)ノ刻（夜十時）を過ぎて何も起こらなければ撤収すると、腹をきめたのだ。

時は虚しく過ぎさり、亥ノ刻もまわった。

夜空に月はなく、闇は一段と深まっていく。

「無駄骨であったか」

佐久間は唇を嚙んだ。

撤退を命じるか否か、瀬戸際に立たされている。

と、そのとき。

砂浜のほうから、細身の人影がひとつ近づいてきた。

女だ。

「おたまか」

佐久間が発した。

おたまは蒼白い顔をみせ、ひとこと吐きすてた。

「連中が来たよ」

「え」

佐久間以下、藩士たちの目の色が変わった。

一斉に、蔵屋敷をみる。

静かなものだ。変わった様子はない。

「そっちじゃないよ。沖をみてごらん」

いた。

何艘もの荷船が白波を蹴立て、浅瀬に漕ぎよせてくる。

十艘や二十艘ではきくまい。三十艘、いや、それ以上の荷船がつぎつぎに船影をあらわした。

「向こうも必死だからね。斬りすてる覚悟でのぞまなきゃ、やられるよ」

おたまのことばに、藩士たちは頷いた。

「あのなかに、肥後屋清七はおるのか」

結之助が、問いを放つ。

おたまは、きっと睨みかえした。

「いないはずはないさ。なにせ、悪党の親玉だからね」

平然とうそぶく台詞とはうらはらに、おたまは動揺の色を隠しきれない。

たとい、自分を捨てた親であっても、親は親、肉親の情は捨てがたいものがあろう。しかも、父が自分を求めていると知ればなおさら、感情を制御できなくなる。だから、頭を冷やす時が必要だったにちがいない。

ともあれ、おたまは戻ってきてくれた。

佐久間は、労るように聞く。

「覚悟はできたのか」

「はい」

「よいのだな。清七を葬っても」

「のぞむところです」

何度も念を押され、おたまはしっかり頷いた。

結之助は抜刀隊への伝令を託され、おたまともども、昏い砂浜に蹲(うずくま)る深堀左内のもとへ向かった。

十一

——ふわあああ。

抜刀隊は雄叫(おたけ)びをあげ、砂浜を駆けぬけた。

荷船の大半は舟寄せにあり、桟橋には荷箱が山と積みあげられている。

「荷を押さえろ。あのなかに御禁制の品がある」

深堀左内は指示を繰りだし、一団の先頭を走っていた。

結之助はその背後につき、乾いた砂を蹴りあげている。

相手も必死だ。それに、ただの沖仲仕どもではない。

段平(だんびら)や管槍(くだやり)をひっさげ、鬼の形相で駆けよせてくる。

「くへええええ」

数のうえでは、敵が優位だ。抜刀隊の三倍はいる。

「怯むな。掛かれ。抗う者は斬ってすてよ」

喝する深堀の背後から、腕っこきの藩士たちが奔流となって襲いかかる。

砂浜のまんなかで、両者は激突した。

刃音とともに火花が散り、断末魔の叫びと血飛沫が迸(ほとばし)る。

「ぬえい」

深堀も自慢の十文字槍をしごき、沖仲仕の分厚い胸板を貫いてみせた。

鎖鉢巻を巻いた藩士たちは、砂に足をとられながらも奮戦し、ひとり、ふたり
と敵の数を減じていく。

抜刀隊の強靭さに圧倒され、敵はどんどん後退していった。

「嵩(かさ)にかかれ」

深堀は前歯を剝き、藩士たちを煽る。

と、そのとき。

蔵屋敷の裏手から、敵の新手が躍りでてきた。

毛坊主どもだ。

一斉に抜刀し、黒雲の一団となって肉薄する。

抜刀隊のなかから、結之助がひとり突出した。

「ほわっ」

鼯（むささび）のように斬りかかってきたひとりを、上段の一撃で叩きおとす。

さらに、左右から突きかかるふたりを、独楽（こま）が回転するように薙（な）ぎたおす。

「やるな、おぬし」

背後から、深堀の声が掛かった。

千鳥十文字の穂先が伸び、毛坊主の胸に突きささる。

「ぬぎゃっ」

敵も味方も砂浜を駆けた。

乱戦の様相を呈するなか、結之助は頭目のすがたを捜した。

掛かってくる敵を斬り、あるいは蹴倒し、鬼神のはたらきをみせつつも、つねに清七のすがたを捜している。だが、それらしき人影はない。

桟橋に積まれた荷は崩れ、禁制品とおぼしき嗜好品の数々がばらまかれている。

「みつけたぞ。証拠の品だ」

抜刀隊のひとりが叫び、呼子を吹いた。

金比羅明神のほうから、陣太鼓の音が響いてくる。

――どん、どん、どん、どん。

山鹿流の陣太鼓に送りだされ、長岡藩の本隊が悠然と圧しだしてきた。

藩士たちは捕り方装束に身を固め、三つ葉柏の陣旗や「常在戦場」と大書された指物まで海風にはためいている。

文字どおり、ここは戦場かと錯覚してしまうほどの陣形であった。

先頭の佐久間監物は、陣太鼓を叩きながら威風堂々と歩いてくる。

「われ、死に場所を得たり」

声を震わせ、滂沱と涙を流していた。

常日頃から、ぬるま湯に浸かった武士の行状を憂い、背筋のしゃんと伸びた生き方をせよと、若い連中に説いている。

本物の武士とは何ぞやと、いつも胸に問いつづけていた。

それは戦場にあってはじめて、輝きを放つ生き物ではないのか。

太平の世にあって、そうした機会に恵まれることはあり得ない。

しかし、あり得ないとおもっていたはずが、そうではなかった。

古武士の気概を秘めた佐久間監物にとって、ここは戦場にほかならぬ。
輝きを放って死ぬのだと腹をくくった途端、感極まってしまったようだ。
藩士たちも、指揮する者の気持ちを共有している。
陣太鼓の響きは陶酔をもたらし、漲(みなぎ)る闘志は死の恐怖をも包みこむ。
そして、いやがうえにも、殺戮(さつりく)の本能を掻きたてられるのだ。
戦闘とは、そういうものかもしれない。
指揮する者の情感が勝敗を左右する。
もはや、敵は戦意を喪失していた。
そもそも、集団戦に慣れた連中ではない。
多くは武器を抛り、その場にへたり込んだ。
乱戦は収束し、沖仲仕も毛坊主も縄を打たれた。
が、肝心の男のすがたはない。
結之助は、ひとりひとりの顔を検分してまわった。
「やはり、おらぬか」
陣笠をはぐりとり、佐久間が口惜しそうに吐いた。
結之助は桟橋を歩き、蔵屋敷の裏手へまわりこんだ。

「こっちよ、こっち」

おたまが波打ち際に立って、必死に呼んでいる。

駆けよってみると、一艘の荷船が逃れていくところだ。

艫に立って艪を操る巨漢こそは、清七にほかならない。

「娘よ、待っておれ。必ず迎えにいくからな。ぬははは」

豪快な嗤い声を残し、荷船は波の彼方に消えた。

おたまは砂に両膝をつき、がっくり頭を垂れる。

父親と名乗る男の叫びが、胸に突きささったのであろう。

可哀相に。

結之助には、掛けてやることばもなかった。

十二

七日経った。

水無月晦日は名越の祓いである。

人形に穢れを託して川に流したり、神社では茅の輪を潜って穢れを除く。

名越には、荒ぶる神を和ませるという意味もある。

おたまにとって清七は、荒ぶる神のようなものだ。

突如として覚醒し、人の心にさざ波を立て、災いをもたらそうとする。

「災いの根は断たねばならぬ」

と、忠兵衛も厳しい口調で吐いた。

すでに、抜け荷の一件はあばかれ、関わった者たちは裁かれた。

人吉藩納戸方組頭の田村又一郎も、黒幕であった宇土藩次席家老の隈沢頼母も、どうでもよいような理由で腹を切った。

抜け荷の一件は表沙汰にされず、すべては内々で処理されたが、人吉藩と宇土藩の藩主は筆頭家老より事情を耳打ちされ、押っ取り刀で忠兵衛のもとを訪れた。

無論、お忍びで詫びを入れにきたのだが、忠兵衛は大御所の家斉になりかわり、藩主を厳しく叱責するにとどめた。本来なら、石高を減じるほどの大事ではあったが、襟を正して善政を施すよう促し、恩を売ったのだ。

「これもやりよう」

佐久間監物は、満足げにうなずいた。

結之助にしてみれば、どうでもよいことだ。

雲のうえに住む仙人の差配に口を出す気もない。

案じられるのは、清七のことだった。

あれほど繁盛していた肥後屋も、今は廃墟と化してしまった。

海に逃れた主人は復讐を果たし、娘を奪いとるために、必ずや、忠兵衛のもとへやってくる。

おそらく、それは月のない晦（つごもり）の今宵にちがいないと、結之助は予感していた。

忠兵衛も同じ考えのようだった。

ふたりは愛宕下薬師小路の中屋敷にあって、刻々と近づくそのときを待っている。

ただ、漫然と待っているのではない。

山梔子が芳香を放つ中庭に降り、蛤刃（はまぐりば）の木刀を手にして対峙している。

ここ数日、清七のタイ捨流を破るべく、あらゆる方策を練ってきたのだ。

鬼気迫るふたりの稽古ぶりを、おたまが濡れ縁からじっとみつめていた。

「もはや、形ではないな」

木刀を八相に構え、忠兵衛は静かに言った。

「おぬしは熱情を冷えた櫃（ひつ）に閉じこめておる。おのれでまだ、熱情を制御できておらぬのよ。そこに唯一の欠点がある。清七はおそらく、その欠点を衝いてこよう」

　みずからの欠点とは、何ぞや。

　問いかける暇も与えられず、忠兵衛が打ちかかってくる。

「ぬりゃお」

　上段の一撃だ。

　撓るほどの勢いで、蛤刃が落ちてきた。

　咄嗟に、受け太刀を取る。

　刹那、蛤刃はふっと眼前から消えた。

　と同時に、腹部に強烈な痛みをおぼえた。

「ぬぐっ」

　結之助は、片膝を地についた。

　息継ぎも、ままならない。

「抜き胴じゃ。敵は、おぬしの手の内を知っておる。無住心の必殺技が上段の一撃にあることも知っていよう」

　忠兵衛は身をもって、勝ちを得るための方策を教えようとしている。

「されば、裏を掻け。熱情のままに動かず、冷静に敵を見極め、泥臭く斃(たお)すのじゃ。なれど、不器用なおぬしにできようかの。得意な上段を封印することが」

それは節を枉(ま)げ、矜持(きょうじ)をも殺すことに通じる。

忠兵衛にも、それがいかに難しいことかがわかるのだ。

上段の一撃を封印する。

生死をきめる一線に身を置いたとき、はたして、それができるかどうか。

正直、自信はない。

「ほれ、もう一手じゃ」

結之助は促され、ゆらりと立ちあがった。

そのとき。

おたまが、つぶやいた。

「来た。あいつだ」

塀の向こうから、陰鬱(いんうつ)な風が吹きこんでくる。

忠兵衛は身を寄せ、結之助の握る木刀を受けとった。

「さあ、遊びは仕舞いじゃ。一刀で始末をつけよ」

おたまの面前で、酷なことを言う。

だが、甘い考えをもってのぞめば、斬られることはわかっていた。

清七を斬る行為は、文字どおり、父娘の絆を断つことを意味する。

だから何だ。

おたまの心情を慮(おもんぱか)ったところで、待っているのは惨めな死だけだ。

清七はおたまの父親ではない。鬼だ、悪党だと、心のなかで繰りかえす。

おたまが何を思おうと、躊躇してはいけない。

迷いは捨てよ。

結之助は、同田貫(どうたぬき)を鞘ごと摑んだ。

右腰ではなく、左腰に差す。

忠兵衛が、にやりと笑った。

「なるほど、それでいくか」

三人は裏木戸を抜け、暗い隧道をめぐって表口にやってきた。

門番もいないのに、表口には篝火(かがりび)が焚(た)かれ、紫薇(しび)と呼ぶ百日紅(さるすべり)が生き物のように浮かんでみえる。

薬師小路の向こうには、大きな人影が佇んでいた。

輪郭すらもはっきりしないが、清七であることはあきらかだ。

三十間近くの間合いを隔てながらも、双方の気と気がぶつかりあっている。
忠兵衛とおたまに、口を挟む余地はない。
これは、結之助と清七の勝負なのだ。
負けたほうが命を落とす。
生きたいと願う気持ちが勝れば、肩に余計な力がはいる。
かといって、生きぬかんとする執念がなければ、太刀行の勢いは死ぬ。
最上の方法は、無の境地でのぞむことだ。
結之助は、目を瞑った。
風の揺らぎを読む。
静かに目を開けた。
腰をわずかに沈め、だっと駆けだす。
清七も動いた。
右に、左に、敏捷にして力強いタイ捨流の動き。
まるで、地に生えた草を薙ぎはらう旋風のようだ。
結之助は低い姿勢のまま、滑るように駆けぬけた。
止まってはいけない。勝負は一瞬、すれ違いざまの攻防できまる。

「ふぉ……っ」
清七が抜刀し、八相から斬りかかってきた。
結之助は駆けながら、右袖を振りあげる。
相手の白刃が袖に搦みついた。
左の逆手で同田貫を抜きはなつ。
抜いた勢いのまま、清七の脇を擦りぬけた。
肉を裂いた感触も、骨を断った手応えもない。
双方の足が止まった。
濛々と、土煙が舞いあがる。
「うっ」
結之助の胸に、鋭い痛みが走った。
袈裟懸けの一刀で、裂かれている。
「ふ、不覚」
発したのは、清七のほうだ。
くわっと、口から血を吐いた。
眸子を飛びださんほどに瞠り、顔から落ちていく。

俯した屍骸をみれば、脇胴が深々と剔られていた。

「逆手抜きか。完勝じゃ。よくぞ、おのれを殺したな」

塀際から、忠兵衛が声を掛けてくる。

結之助は血振りを済ませ、納刀した。

幸運にも、胸の傷は浅い。

だが、胸の疼きはおさまりそうもなかった。

事情はどうあれ、おたまの父親を斬ったのだ。

清七は心底から、娘と暮らしたかったのかもしれない。

そんなことが、できようはずもなかろう。と、おたまにはわかっている。それでも、一抹の未練があったとすれば、結之助は希望の萌芽を摘んだことになる。

「詮方あるまい」

すべてを見通しているかのように、忠兵衛は溜息を吐いた。

「親と子の別れは、十七年前に済んでおったのじゃ。おたまよ、そやつは父ではない。ただの悪党じゃ。わかるの」

おたまはかたわらで、こっくりうなずいた。

泣こうともせず、顔を曇らせることもない。

ただ、心で泣いていることはわかっている。

結之助の頬に、ひと雫の涙が流れおちた。

十三

年にいちど彦星と織姫が出逢う七夕の日、結之助のすがたは下総の利根川水系に寄りそった川湊にあった。

川を少し遡れば香取神宮があり、川を渡れば鹿島神宮も近い。

故郷小見川の地を踏んだのは、五年ぶりのことだ。

清七を斬ってから悶々とした日々を過ごし、気づいてみれば、二度と戻ることはあるまいと誓った地に足を向けていた。

雪音に逢いたい。

遠くからでも、無事に成長した娘のすがたを眺めたい。

そうおもったら矢も楯もたまらず、船橋、佐倉、成田山と経由して、小見川までやってきた。

歩き詰めなら、江戸から三日と掛からない。

足を向ける勇気があるかどうかということだ。

皮肉にも、人の親を斬ったことがきっかけになった。

別れの辛さが骨身に沁(し)みたとき、唯一この世で血の繋がった娘と邂逅したくなった。

無論、波風は立てたくない。本人はもとより、娘を育ててくれた義母にも逢う気はなかった。

結之助は深編笠をかたむけ、城下の町並みを窺った。

五年ぶりだが、少しも変わっていない。

米問屋や醬油問屋が軒を並べ、川はゆったり流れている。

厳しい残暑のせいか、行き交う人々はみな、疲れた顔をしていた。

一文見世の婆は三毛猫といっしょに微睡(まどろ)み、洟垂(はな)れどもは蟬を追いかけている。

そういえば、このところは、油蟬も見掛けなくなった。

夕暮れになると悲しげに鳴くのは、羽の透きとおったひぐらしだ。

亡くなった妻、琴音の実家は城下の外れにある。

結之助は意を決し、川沿いの道をたどりはじめた。

川風は涼しいのに、脇の下が汗ばんでくる。

なぜ、こんなところを歩いているのか。

ふと、足を止め、頬をつねってみる。

「夢ではない」

みずからの意志で、故郷へ戻ったのだ。

夢であるわけがない。

琴音の実家は、山岡という姓であった。

勘定方を勤めた義父は実直な人物で、義母は芯の通った女性だった。

一人娘は母親の性質を受けつぎ、優しげな笑顔の裡に気丈さを秘めていた。

そうでなければ、親類縁者や友との関わりを断ち、右腕を落とした男と平気で暮らすことなどできまい。しかも、琴音は子を宿すことに一抹の躊躇もみせなかった。それゆえ、娘を授かったときの喜びは、喩えようのないものだった。たったひとつの不運は、この世に新しい命を産みおとすのと引きかえに、天に召されてしまったことだ。

あのときは、どれほど神仏を恨んだことか。

今となっては、遥かむかしの出来事に感じる。

結之助は、擦りきれた草鞋を引きずった。

道に映った影が細長く伸びたころ、みおぼえのある水子地蔵の祠（ほこら）までやってきた。

地蔵の二股を右に曲がり、ゆるやかな坂道を登っていく。

そういえば、山岡の実家にも、冠木門（かぶきもん）の際に百日紅が植えてあった。

紫薇ではなく、燃えるような紅（あか）い花を咲かせる百日紅だ。

琴音は実家へ戻ると、その木を揺すってくれた。

幼いころから、揺すって遊んでいたらしい。

琴音の笑顔が、鮮明に蘇（よみがえ）ってくる。

結之助は荒い息を吐きながら、坂道を登った。

足取りは重く、鉛を付けているかのようだ。

勇気を出し、顔をあげてみる。

はたして、百日紅は咲いていた。

あの頃よりも一段と鮮やかに、紅い花を満開に咲かせている。

「む、くそっ」

結之助は、足を止めた。

止めたのではなく、それ以上、さきへ進めなくなったのだ。

にわかに風が吹き、空に群雲（むらくも）が集まりだした。
百日紅が、さわさわと枝を揺らしている。
六つほどの女童（めわらべ）が、滑らかな幹を懸命に揺らしていた。
「あ、ああ」
結之助は身を強張らせ、じっと女童をみつめた。
「雪音（ゆきね）や、雪音や」
門の内から、老婆の声が掛かった。
名を呼ばれた女童は、一瞬だけ、こちらを向いた。
小首をかしげ、驚いたようにみつめている。
まちがいない。
亡くなった妻に生き写しだ。
「雪音や、なかへおはいり」
門の内に人の気配が立ったので、結之助は咄嗟に下を向いた。
草鞋の紐を結わえるふりをし、怖（お）ず怖ずと顔をあげる。
女童は、消えていた。
逢いたいという気持ちが、迫りあがってくる。

しかし、今はまだ、その勇気が持てない。
ふと、気づいてみれば、かなかなと、ひぐらしが鳴いている。
そして、ぽつぽつと、空から冷たいものが降ってきた。
久方ぶりの雨が、乾いた地表に滲みこんでいく。
「慈雨だな」
結之助は、つぶやいた。
ぴかっと稲光が走り、雷鳴まで轟きはじめる。
突如、鉄炮玉のような雨が降りそそいできた。

光文社文庫

長編時代小説
ひなげし雨竜剣（うりゅうけん）
著者　坂岡（さかおか）真（しん）

2018年6月20日　初版1刷発行

発行者　鈴木広和
印刷　慶昌堂印刷
製本　ナショナル製本

発行所　株式会社 光文社
〒112-8011　東京都文京区音羽1-16-6
電話（03）5395-8149　編集部
8116　書籍販売部
8125　業務部

ISBN978-4-334-77676-3　Printed in Japan

組版　萩原印刷